你的選擇，決定自身命運的走向！

《晶靈科幻系列之三》

算命必中術

林月菁 博士 ——著

Premonition of Certainty

「現在，讓我們一起下地獄吧！」
外星人擁有一種預測命運的「萬有公式」，
準確度竟高達百分百？背後的奧秘，居然與
量子理論和平行宇宙的探索密不可分。

目錄 Contents

推薦序一
科學與奇幻交織，開啟前所未有的探索之旅 　　　　4

推薦序二
天馬行空的奇幻旅程，卻蘊藏嚴謹邏輯與深厚學識 　　6

序
算命時分｜
關於命運、自由意志和人性善惡抉擇之戰 　　　　　　8

Chapter 1　看不見的鬼
服務生心中驚訝，道：「不對，那是隻看不見的鬼！」　　11

Chapter 2　三六九印記
那是一種人類的動物本能，被捕獵者盯著的感覺……　　17

Chapter 3　第四類接觸
外星生命可以以任何形式出現，並不一定像我們血有肉。　23

Chapter 4　量子傳送門
安祖既不安又矛盾，但已無法控制對晶靈的渴望……　　31

Chapter 5　黃刀
那帳篷內堆滿大量槍械、火藥，就像一個軍火庫一樣！　41

Chapter 6　大鬧極光村
小寶突然變得焦躁，冷冷地回答道：「這不關你們的事！」49

Chapter 7　閻王要你三更死
生死有命，人人如是，這是自然法則的一部分……。　　59

Chapter 8　三個死劫
安祖不敢相信地望著晶靈，傷心道：「妳為了他，打我？」69

Chapter 9　極地奇人
生命如此脆弱，變幻莫測，晶靈提醒自己要珍惜當下。　77

Chapter 10　自尋死劫
宗教導人向善，但為何大家會以神之名，發起戰爭？　　87

Chapter 11　量子泡沫
稱呼並不重要，出身也不重要。你看到我是什麼，我就是　　95
什麼。

Chapter 12　邪教教主
在那裡，不知方向、不知時間、不知冷暖……。　　103

Chapter 13　反轉地獄
爆炸聲越來越頻繁，地獄被摧毀了！　　113

Chapter 14　量子意識
意識飄浮在夢境中，過住的片段紛至沓來。　　123

Chapter 15　星際混血兒
他的腦袋竟然能裝下所有知識！他的潛力究竟有多高？　　131

Chapter 16　樹妖結界
樹木的進化早已比動物更高層次，只是人類未夠智慧窺見。　　139

Chapter 17　鳳凰之巔
古怪的歷險、平淡的人生，究竟哪一個更精彩？　　149

Chapter 18　新地獄
那裡是最高防禦堡壘，沒有他的許可，誰也不能進入！　　157

Chapter 19　創世紀
過去點點滴滴如同落葉，在空中飄過，這一生完結了嗎？　　167

Chapter 20　知善惡樹
曾經世界最邪惡的，是墮落天使和地獄之王魔鬼，如今……　　175

後記一　夢醒有時　　184

後記二　算命必中術　　187

推薦序一　科學與奇幻交織，開啟前所未有的探索之旅

我認識月菁是在大學工作中，她曾是我轄下部門的主管，負責引入及應用最新的科技，是一位科學達人。

然而，這位摯友最令我印象深刻的是她的創意與想像力，以及對新事物的好奇心，可能是這些特質使她成為了一位出色的科幻小說家，而《算命必中術》已是她的第三部科幻作品。

這部小說是一個獨立故事，亦是延續前兩集的完結篇，講述主人翁晶靈與好友小寶為消除邪惡印記而展開的驚險歷程。

作者巧妙地將前兩集的伏筆與謎團一一解開，帶領讀者走向故事的結局。書中不僅有精心設計的大型場景，還替故事中超時代科技的科學解釋，增強了故事的真實感。

此外，小說涵蓋了豐富的天文地理知識、中國傳統文化和宗教元素，展現了作者深厚的學識與細緻的資料搜集。

《算命必中術》的書名緊扣命運主題，引發讀者思考：命運是天定，還是由人掌控？

作者通過故事表達了對善惡選擇與因果報應的深刻見解。

我鄭重推薦林月菁博士的這部新作,相信它會帶給讀者一場充滿想像力與思考的閱讀體驗。

陳真良
香港大學專業進修學院高級顧問
二〇二五年春天

天馬行空的奇幻旅程，卻蘊藏嚴謹邏輯與深厚學識

推薦序二

　　林博士是我的老同學，我們在香港大學時一同修讀資訊科技。當時我們學的都是 C++ 和 Java，思維邏輯縝密，腦中充滿了符號與數字，卻從未想過多年後，她會以作家的身分，帶著滿是文字的小說與我分享。

　　【晶靈科幻系列】故事由一連串夢境展開，帶領讀者進入小寶與晶靈的奇幻探險與愛情旅程。初讀時，情節看似天馬行空，但細細品味，卻能發現其中的嚴謹結構，每個伏筆與轉折都環環相扣，絲毫不顯突兀。

　　林博士的創作風格獨特，在本故事中巧妙地融合了多種元素──從叮噹百寶、武俠世界，到但丁（Dante）的《地獄》（Inferno）、《聖經》、佛學、星相命理、外星文明，甚至涵蓋了丹・布朗（Dan Brown）式的解謎與量子科學的可能性。

　　這些看似互不相容的概念，在她的筆下竟能和諧共存，形成一個既夢幻又合乎邏輯的世界觀。

　　而且，本書也融入了香港本地特色，例如西貢結界、二戰遺址、鳳凰山日出等，讓讀者在探索幻想世界的同時，也能感受到熟悉的文化背景。

　　更令人佩服的是，這一切的奇思妙想並非憑空捏造，而是建立在嚴謹的資料搜集之上。讀者在閱讀時，往往會

被書中的概念所吸引,忍不住想進一步挖掘相關知識,這正是一本優秀小說所具備的魅力。

　　本書是【晶靈科幻系列】的第三部作品。短短幾個月,林博士已推出三部短篇小說,這份創作力與堅持著實令人敬佩。而且,從第一部到這一部,文筆愈發成熟,敘事更具層次感,顯示出她在寫作上的不斷精進。

　　作為朋友,我為她的成就感到驕傲;作為讀者,我則期待她帶來更多作品,繼續以獨特的風格,引領我們踏入更多奇妙的領域。希望林博士能夠堅持初心,創作出更多扣人心弦的故事,讓我們在閱讀中不斷探索未知的可能性。

楊國豪
香港理工大學業務分析師

算命時分｜
關於命運、自由意志和人性善惡抉擇之戰

自古以來，人類一直以算命來嘗試預測未來。我們以八字、星相、星象和占卜等方法，來探求自身的命運。

算命的範疇非常廣泛，大至推算整體命運、家庭、愛情、事業、財運和健康，小至占卜下一步應該要向左還是向右走。

萬有公式，精準推算世間萬物命運？

算命的準確率參差不齊，而不同民族亦有不同的算命方法。

有些人認為中國命理學非常準確，另一些人則認為西方星相學非常有參考價值。然而，至今人類仍未有一種算命方法是必中的。除了人類以外，有沒有其他生物會算命？在本故事中，外星人便會算命，他們只需要用一條加入「時間亂數」的「萬有公式」，便能推算世間萬物的命運，其準確率竟然高達百分百！

延續前兩本小說《魔夢啟示錄》和《量子愛情學》，主角小寶和晶靈要找魔鬼算帳，帶著邪惡的印記，他們大鬧兩個外星人幫派的根據地，並利用「量子隱形傳送」技術穿梭南北兩極，最後以「自尋死劫」方式到達地獄。

在地獄最深處，透過代表神學、佛學與科學的討論，瞭解到創造天地萬物唯一的神，是用了平行宇宙分支的方

式,給世人在預定的選擇中自行抉擇,證實「預定論」與「自由意志」能同時存在,解決了人類多年來只能二擇其一的爭議。而眾多宇宙的誕生,科學上則能以「泡沫宇宙」論,能量起伏產生的「量子泡沫」來解釋。在形體死亡之後,靈魂以「量子意識」瀰散於宇宙中。

自由意志的選擇,重塑自身命運

上萬種外星人聚集地球,是因為全宇宙進化得最完美的生命都在太陽系,而最肖似神的生命就是地球人。他們希望在太陽系能尋找到神,更接近祂,令自己變得更完美。

然而,故事中太陽系的人物並不完美,更是在善與惡之間徘徊。變化也一樣,原以為無常的變幻是定律,後來發現世上竟有不變的真理。原來角色的選擇和行動都在不斷重塑他們的命運,行善積福能趨吉避凶,竟然真有其事。

無論是外星人或極地奇人,在故事中不約而同使用了磁力作為能源。除了發電之外,磁力其實與我們的生活息息相關:極地常見如夢幻般美麗的「極光」,便是太陽風中的帶電粒子,在地球磁層與大氣分子碰撞後釋出的能量;我們常用的指南針,指針受到地球磁極的吸引而指向北面。

北極之所以被稱為北極,南極之所以被稱為南極,是因為它們分別指向地球的北極磁和南極磁,然而地磁也會

發生變化，在地球歷史上每幾萬至幾十萬年便會出現一次南北逆轉。

互有關聯又各自獨立，盡享閱讀樂趣

就如以往一樣，本書融入了一些真實的科學小知識。除了以上提及到的「量子」概念和「地磁逆轉」現象以外，土星環「輪輻」、冰島冰川火山、南極冰下火山、附在樹皮或枯木上的「黏菌」，以及種種極地生物，也實際存在。希望讀者繼續承接前書，享受於虛幻與真實之間穿梭。

【晶靈科幻系列】每本小說，雖然互有關聯，但也各自獨立，故能單獨閱讀。但若能由第一本開始探索，便能瞭解事情的來龍去脈，更能細品細節的涵義。

閒話已太多了，還是快找外星人算算命、跟魔鬼算算帳吧！

晶靈
2025 年 2 月 21 日

CHAPTER 1
看不見的鬼

小氣泡從沙堆中不斷冒出，像在提醒世人有潛藏的生命在掙扎。一位皮膚黝黑、鼻梁挺拔、身形瘦削的亞洲男子一臉傲然，重重地踏在沙堆上，心中燃起狂野的幻想，彷彿能將沙灘下的小生命都徹底碾碎。

　　突然，一股巨浪猛然襲來，浪花濺在男子的腿上。刺骨的寒冷海水喚醒了這位亞洲男子，他回過神來，盯著被灰燼覆蓋的正午天空，苦苦思索：「怎麼原本設定在亞洲的大火，卻在這裡出現？」

　　亞洲男子沿著沙灘行走，海浪拍打著海岸，沖擊聲如低沉的轟鳴，讓人迷惑。他心神恍惚，竟一頭撞上路標的標竿。按著疼痛的額頭，他抬頭一看，以純正的美式英語口音輕輕唸道：「Santa Monica State Beach……。」

　　「美國加州聖莫尼卡海灘……緯度是正確的，經度卻變成了西經 118.2853 度，我的算式哪裡錯了？」作為全球首屈一指的地質學家，他掌握了滅絕地球的技術，能任意造成火山爆發、海嘯、地震、颱風和山火等災害，但這次的出錯令他十分惱怒。

　　「原本預設的亞洲大火，變成了美洲大火，難道是與地球的磁場有關？」

　　他走進一家沿海的咖啡館，跟服務生說聲「兩位」，然後點了兩份午餐。服務生的頭髮和眼睛呈棕色，看得出有美國土著印第安人的血統，明明見客人只是獨行，心想他的友人可能稍後便到。然而上菜後，亞洲男子沒有等待他的朋友，便開始用餐。

　　卻見亞洲男子一邊吃，一邊和對面的空位說話，像是有誰坐在那裡與他共進午餐。

　　「見鬼了！」服務生心中驚訝，但進一步想，既然自

己看不見那鬼魂,於是又道:「不對,那是隻看不見的鬼!」

服務生一直覺得東方人十分神秘,雖然心中畏懼,但仍然悄悄靠近,察看他的一舉一動。此時,亞洲男子像變魔術一樣,不知從哪兒拿出了一個透明球體,放在餐桌上,然後輕輕一托,球體便凌空旋轉起來。

「是預言師的水晶球!」服務生心中暗想。他在鄰桌假裝擺位,卻偷偷瞄著。水晶球突然顯現出一些影像,漸漸變幻成藍與白、青與咖啡的色彩,最後竟然變成了一顆小型地球,在半空傾斜慢旋。服務生奇道:「怎麼水晶球變成地球儀了?」

亞洲男子向著看不見的鬼說:「北極曾是南極,南極曾是北極。『地磁逆轉』(Geomagnetic Reversal),在地球歷史中早已發生過多次,最近一次反轉是大約在 78 萬年前。想不到,現在竟然在我們有生之年便出現了!這很可能是這次計算出現錯誤的原因,令原本設定的亞洲山火,變成一發不可收拾的加州洛杉磯大火。」

服務生驚訝地想:「聽他這樣說,難道已經燒了足足整個月,連富人區也燒毀了的加州大火,是由這名神秘東方人和鬼魂弄出來的嗎?」

「你說得對啊!」亞洲男子突然道。服務生嚇了一跳,以為他能知道自己的思想。怎料,亞洲男子身體向前傾,望著對面的空氣繼續說話,像回應鬼魂一樣:「你說得真對,聽說那班羅茲威爾外星鬼,已經在亞洲東南沿海的一個島嶼上,找到『魔鬼的印記』的線索。」

服務生訝異地想:「外星鬼?莫非外星人飛碟墜毀事件的傳說是真的?那些外號叫做『小灰人』的羅茲威爾外星人是真的嗎?不,不是吧!」

亞洲男子繼續道：「我們應該看看『小灰人』他們的人造泥人收集到什麼情報，來判斷山火地點的錯誤是否與地磁逆轉有關，也是否與最近『量子隱形傳送』（Quantum Teleportation）受到的干擾有關。」

「量子隱形傳送？這不是最新的應用科技嗎？」服務生驚訝道。「鬼魂、外星人、魔鬼的印記、地磁逆轉、量子隱形傳送……，我昨晚是否喝太多酒，宿醉到下午了？」

服務生心中充滿疑惑，大力搖晃著頭，嘗試驅逐在空氣灰燼中宿醉的幻象，卻見到東方神秘男子將水晶球凌空旋得更高，聲音壓低，向看不見的鬼問道：「你……看到了嗎？」

服務生聽到後，忍不住又偷瞄。水晶球上有無數個影像在旋轉、變幻不定，像萬花筒般令人神迷。最終，他的目光停留在一個山洞影像上。

山洞內空間細小，光線昏暗，充滿神秘感。四周由岩石圍繞，牆面不規則，呈現白中帶黑色顆粒的岩石紋理，看似是花崗岩。洞的上方，有一些黑色的東西輕輕在搖晃，看來是倒掛著的蝙蝠。

洞的正中間，竟然有三張沙發，跟山洞的環境並不協調。沙發上，分別坐著三個灰色的人形生物，兩大一小，穿上了衣服，看似是一個男人、一個女人和一個小孩。然而，他們的外形又不是人類，反而像電影裡的外星人羅茲威爾。這些生物的皮膚質感如同泥土，呈粗糙黯淡的灰褐色。他們中間還有一座古怪的儀器。

這時，那男泥人說道：「從總部傳來的訊息，人造衛星偵測到兩次『魔鬼的印記』的紅光閃動。」

「『魔鬼的印記』？那不正是神秘東方男人剛才提過

的嗎?」服務生胸口一挺,瞬間感到一陣緊張與興奮,更留心細看山洞泥人的影像了。

「『魔鬼的印記』已經絕跡了一段時間,想不到它又重現人間。」女泥人皺著眉頭說道。「難怪立即引起『南極幫』外星聯盟的騷動!」

男泥人操作著面前的儀器說:「印記的紅光出現了兩次,座標都是在北緯22.2356度、東經113.9546度。時間分別是在前天和今天,也就是2024年9月4日的晚上和9月6日的下午。」

「2024年9月?現在都已經是2025年1月了,難道這是錄影?」服務生十分疑惑。但同時,他在水晶球中看到成千上萬相似而又不同的影像,心中思忖:「這好像是同時能看到同一地點,但不同時間的影像,這⋯⋯是幻覺嗎?以後真的不能喝太多酒了!」

只聽女泥人又說:「這座標正好是我們負責監視的區域!」

小泥人閃爍著靈動的眼睛,天真地問:「聽你們說了半天,到底什麼是『魔鬼的印記』呢?」

男泥人解釋道:「『魔鬼的印記』是指魔鬼在人身上施放的一種詛咒符號!被詛咒的人,他的後背肩膀上會出現一個紅色的印記。這個印記能夠瞬間操控那人,使他做出邪惡的行為。那個時候,一道紅光會從遠處的地獄直射到印記上!這就是為什麼衛星能夠探測到它曾經出現過。」

女泥人輕輕摸著小泥人的頭,繼續解釋道:「起初,印記是一個淡淡的『圓形』,即象徵『零』。當那人第一次犯罪以後,印記就會變成『三叉戟』的圖形;第二次再犯罪,會變成『六角星』的圖形;第三次又犯罪,就會變

成『九眼人』的圖形。」

　　女泥人頓了一頓，又道：「『三叉戟』、『六角星』、『九眼人』，因此我們也叫它做『三六九印記』。」

　　小泥人好奇地追問：「第三次犯罪之後呢？會不會再變其他數字？」

　　女泥人冷冷地回答：「沒有之後了，因為『九眼人』的印記，代表那個人已經完全被邪惡所操控。他的行為將變得正邪難分，淪為無法自拔的奴隸。他的靈魂……死後必定墮入地獄，永恆地被囚禁在黑暗中，受盡無期的折磨，無從相救，成為最無助的靈魂！」

　　聽了這番話，小泥人眼睛瞬間睜得大大的，滿是驚恐。

CHAPTER 2
三六九印記

無論面前的困難多麼艱鉅，身體承受著多少折磨，只要心中懷有希望，人總能重新振作。可惜，無助的靈魂只會陷入無盡絕望，逐漸在深淵中凋零。

男泥人繼續說：「資料顯示，我們探測到的兩次紅光閃動分別來自兩個人，他們的印記都是從『圓形』變成『三叉戟』。」

小泥人想一想，說道：「我知道了，即是中了魔鬼的『三六九印記』的有兩個人。他們都各犯了一次罪，因此印記都由『圓形』變成『三叉戟』。」

女泥人嘉許道：「小泥人，你學得很快，也說得很對！雖然我們只是人工智慧工具泥人，但思考能力與宇宙中的智慧相媲美，還擁有感情，能傳宗接代，生命……真是一種奇蹟！」

男泥人會心一笑，然後指著儀器說：「資料顯示，我們現在的位置是北緯22.2773度、東經114.1227度，距離事發地點只有約25公里。我們是離得最近的團隊，總部要求我們前往調查。小泥人，這是你第一次執行總部的任務，你有信心嗎？」

「當然有信心，我會全力以赴！」小泥人眼中閃爍著堅定的光芒。他又問道。「爸爸，你知不知道總部的位置在哪裡，距離這裡遠嗎？」

男泥人回答：「總部在南緯82.8628度、東經135.0000度，距離我們現在位置超過10,000公里。」

小泥人驚嘆：「嘩！好像很遠呢！」

女泥人笑著說：「不要總是用座標表達，我們應該學習這裡的人，用地名來表示一個地方！小泥人，我們『南

極幫』的總部是在南極,而現在的位置是香港島的摩星嶺,要前往調查的地點是大嶼山的長沙海灘。」

「海灘啊!」小泥人興奮地喊道。「媽媽,那我們能不能像書中的人一樣去海裡游泳?」

「絕對不能!」男泥人搶著說道。「我們是泥人,一旦接觸水就會溶化,這是我們泥人家族的宿命,小泥人,你千萬別去犯禁碰水,那樣會消失、死亡的!」

小泥人伸出舌頭,然後說:「爸爸,我知道了!」

「我們該出發了,現在是凌晨 4 時!」泥人爸爸說。「在這個時間活動比較安全,因為人類都睡了,較少機會能發現我們。最近『香港飛碟學會』也經常提起我們,他們在今年 3 月的講座中就以此為主題,統稱我們為『小灰人』!」

「『小灰人』是指在美國羅茲威爾地區聚居的外星人,由於我們是羅茲威爾族以自己的形象,用灰色的泥土製成,並注入人工智慧的泥人,所以被一些研究外星人的新手誤會,也稱呼我們為『小灰人』!」泥人媽媽補充道。

「羅茲威爾族是一個在星際間有血肉之軀的種族,他們在 1947 年的墜機事件,在地球引起了轟動。」泥人爸爸回憶,「當時人類的科技尚未如此發達,因此幾百個星際種族,都肆無忌憚地在地球上活動。」

「如今人類的偵測技術進步了,不過大家隱藏的技術也更勝一籌。」泥人媽媽笑著說。「正是『道高一尺,魔高一丈』,現在人類更難探測到不明飛行物體了!」

「只要我們戴上這頂泥巴帽,在人類眼中,我們看來就只是一塊普通的泥巴!」小泥人雀躍地說。

「我們泥巴帽的設計靈感，來自上一世紀《哆啦A夢》故事中的石頭帽！」泥人媽媽讚嘆道。「其實，地球人類這個種族想像力非常出色，這也是他們科技快速發展的原因之一。」

　　他們三個戴上了泥巴帽，準備外出。泥人媽媽繼續說：「我們這個家的入口，是位於第二次世界大戰的軍營廢墟中！」

　　小泥人說道：「世界大戰？地球人很喜歡戰爭吧！」

　　「地球人的罪惡根源太過根深蒂固，單是歷年來的戰爭，已經令到他們的發展遠遠落後於其他星際種族。」泥人媽媽感慨地說道。

　　「但至少他們已有足夠的建築科技，建好了連接香港島和大嶼山的西區海底隧道和青馬大橋！」泥人爸爸說道。「這次我們可以從陸路去，而不必途經大海的上空，免卻了跌入海中溶化的危險！」

　　說罷，泥人爸爸啟動了反地心引力磁力推進器，他說：「這台推進器使用的是磁力。但最近地球磁場出現了異動，出現地磁逆轉初期的現象，因此推進器有點不穩定。」

　　小泥人好奇地問：「地磁逆轉是什麼呢？」

　　泥人爸爸解釋道：「地球有磁場，今天北極之所以被稱為北極，南極之所以被稱為南極，是因為它們分別指向地球的北極磁和南極磁。地磁逆轉，便是因為地球內部的運動受到其他星體影響，令磁力變動，導致磁場每幾萬至幾十萬年便會出現一次南北互換。」

　　小泥人聽得津津有味，又問：「那麼，一會兒後，地磁便會完成逆轉了嗎？」

「地磁逆轉的速度，視乎星體影響的強弱，一次逆轉約需地球百年以至千年不等。」泥人爸爸笑道。「但一會兒後，我們便會飛到美麗的青馬大橋上。」

三塊小泥巴經過西區海底隧道後，沿著三號幹線轉入八號幹線，再經過東涌道，便到達了南大嶼山。

「剛才我們經過的青馬大橋全長 2,160 公尺，寬度達 41 公尺。橋的上層有六線雙程行車線，下層則設有兩條鐵路路軌和兩條緊急車道。在 1997 年啟用的時候，它曾經是全球最長的行車與鐵路兩用的懸索吊橋。」泥人媽媽向小泥人解釋道。

「在故鄉，我們都利用反引力飛行，陸地並不需要用天橋連接起來。」泥人爸爸補充道。

「雖然我在地球出生，但我知道爸爸媽媽是在故鄉出生的。」小泥人說著，又好奇地問道：「我們的故鄉在哪裡？」

「我們的故鄉在土星的環上，地球人稱它為 B 環，那裡位於輻射狀物位置的中心。」泥人爸爸回答道。「我們在故鄉的上方，安裝了光學折射裝置的視覺屏障，這樣地球人就看不到我們，只能探測到他們解釋不到的『輪輻』現象。」

「由於土星環中有大量星體和冰塊在運行，而且與太陽系孕育了智慧生物的地球距離適中，因此有成千上萬的外星種族，都在那裡建立了基地。」泥人媽媽解釋道。「當然，大家都為自己的藏身之處建立了視覺屏障，地球人完全找不到我們！」

「很久以前，一些羅茲威爾在土星環落地生根之後，利用從地球學到的異術，把泥人創造了出來。」泥人爸爸繼續說道。「然後我們在 B 環扎根，成為土星土生土長的

泥人。」

說著，他們已經到達了目的地的那座大廈。泥人爸爸將反引力動力調校得更大，沿著大廈外牆慢慢升上去。他們抵達了最頂層的單位，泥人爸爸說：「衛星偵測到『魔鬼的印記』的紅光，兩次都是從這個單位發射出來的！」

泥人家族攀進露台，看見兩男一女的背影，他們正在用望遠鏡觀星。在黑暗中，誰也沒有注意到多了三塊泥巴。

究竟泥人家族要對那兩男一女做些什麼⋯⋯？

服務生正看到緊張之際，影像突然消失。神秘的東方男子收起了水晶球，對著看不見的鬼說：「我想起了一些線索，要到對面馬路看看。你在這裡稍等，我晚點回來。」

服務生目送亞洲男子離去，突然感到一陣寒意，心中不禁一震⋯⋯。那是一種人類的動物本能，被捕獵者盯著的感覺。四下打量之際，想起店內只剩下自己和一隻看不見的鬼！他不禁心跳加速、手心冒汗，身體不受控地顫抖著⋯⋯。

這時，一雙充滿智慧的眼睛在咖啡館的橫梁上閃現，像天鷹注視獵物一樣，瞳孔收縮，聚焦在服務生上，原來是一位金髮碧眼的北歐人，看來已經在屋上偷偷潛伏了一段時間！他拿起電子筆記本，透過眼球轉動輸入記錄：「偵測不到『看不見的鬼』的『靈魂粒子』，但從地球第一智者龍教授的水晶球中看到，『南極幫』的外星人已經找到魔鬼的蹤影，我們『北極幫』必須立即採取行動⋯⋯。」

CHAPTER 3
第四類接觸

一個人懷著一種心思,兩個人交織出多種想法,而三個人便會醞釀出無限的可能性。露台上的男女已經在一起相處千生千世,卻是第一次三人一起觀星。愛與友情的界線如星宿般若隱若現,看似浪漫,卻又隱藏著看不清的未來⋯⋯。

　　小泥人攀進露台後,儘管知道此刻自己只是一小塊不顯眼的泥巴,但還是本能地退到一角。他睜大眼睛,細細打量這三位地球人。畢竟對他來說,這是他第一次與異星人接觸。

　　「不知道他們叫什麼名字?」他想。

　　晶靈透過望遠鏡,親眼見到了土星和它的光環,讚嘆道:「小寶,原來用家用望遠鏡,真的可以看到土星環啊!」

　　「是的!這是天文光學望遠鏡。」小寶解釋道。「配合赤道儀,能夠自動追蹤星體的位置。」

　　「就家用級的天文望遠鏡來說,這個已經相當不錯了!」安祖說道。

　　「安祖,你也對天文望遠鏡有研究嗎?」晶靈佩服地問道。

　　「晶靈,這些天文照片,全部都是透過天文望遠鏡拍攝的。」安祖拿起一疊照片,笑著說。「這幅中間心狀的是 IC1805 心形星雲(Heart Nebula),這幅帶有光環的行星就是妳剛剛看到的土星!」

　　小泥人心中默默唸道:「小寶、安祖、晶靈,這就是他們三人的名字!」

　　「原來宇宙中有心狀星雲,真浪漫!」晶靈微笑道。「那深淺相間的土星環,是怎麼來的呢?」

「在 1610 年，人類首次觀測到土星環。當時，義大利天文學家伽利略（Galileo）利用望遠鏡進行觀測，但當時的望遠鏡製作比較粗糙，因此他其實辨認不到其結構是環狀的。」小寶解說著。「直到 1675 年，卡西尼（Cassini）觀察到清晰的土星環，並且發現環與環之間有明暗的區域，其中 A 環和 B 環之間最大的間隙，被稱為『卡西尼縫』。」

「什麼 A 環、B 環、中環、上環、大口環？」晶靈開始感到有些混亂。

「讓我也來解釋一下！」安祖笑著說道。「土星的環分為很多層，由內到外，分別稱為：D 環、C 環、B 環、卡西尼縫、A 環、洛希環縫、F 環、雅努斯環、G 環、墨托涅環弧、安忒環弧、帕勒涅環、E 環和佛碧環。」

「安祖解釋得清楚很多了！」晶靈也笑著說道。「這麼多環，哪一個最特別呢？」

「B 環！」小寶和安祖異口同聲地回答。

「啊！B 環是我們家鄉的所在地！」小泥人感到非常自豪，他心想：「要留心聽聽他們怎麼說了！」

「B 環是土星環中最亮、範圍最廣和質量最大的。」安祖說道。

「不僅這樣，B 環也是最神秘的！」小寶補充道。「科學家探測到 B 環在密度和光度上，有很多以現今科技解釋不到的變化。」

「在 1981 年，航海家二號拍攝到 B 環上的『輪輻』照片。『輪輻』是橫向的暗條紋狀，有輻射線狀特徵，但它們又圍繞著土星轉動。這違反了萬有引力的定律，是力學解釋不到的現象。」小寶嘗試解說一些深奧的知識。

Chapter 3　25

他稍作停頓，然後繼續說：「在 2007 年，科學家在土星探測船『卡西尼號』的圖像中，再次看到了那些有斑點和條紋的『輪輻』，但他們尚未找到完全合理的解釋，只是相信這可能與塵埃、行星磁場和太陽風的相互作用有關。」

　　「原來我們家鄉光學折射裝置的視覺屏障那麼厲害！」小泥人心中驕傲地想。「地球人不但看不到我們，甚至連這些『輪輻』現象，也想不出真正的原因。」

　　「土星環真的是一個十分有趣的地方！」晶靈讚嘆道，她接著問：「在這個世界上，究竟有沒有土星人存在呢？」

　　小寶想了想，回答道：「由於土星是一個氣體巨星，依靠海洋孕育的地球類生命，較難在它上面發展出來。」

　　「不過，圍繞著土星的星體就不同了！」小寶繼續說道。「土星最大的衛星泰坦，也就是土衛六，擁有與地球相似的大氣層、平原、沙丘和液態海洋。科學家認為，在泰坦的液態海洋中，可能會孕育出類似地球的生命形式。」

　　晶靈聽得很投入，她興奮地說道：「真的很厲害呢！我真想見到土星的生命！」

　　「**其實，外星生命並不一定是地球類生命，它們可以任何形式出現，可能是一團泥土，甚至是一串訊息，並不一定像我們有血有肉！**」安祖補充說道。

　　「外星人怎麼可能是泥土呢？」晶靈笑著說道。「除非他們出現在我面前，否則我是絕對不會相信的！」

　　畢竟這是小泥人第一次在家以外的地球上活動，當他聽到晶靈不相信泥人存在時，便忘記了要隱藏自己，他按

捺不住，脫下了「泥巴帽」，顯露真身，要給晶靈看看泥土造的外星人！

泥人爸爸和媽媽見狀，怕小泥人闖禍，也一起脫下了他們的「泥巴帽」，現身出來！

小寶、晶靈和安祖突然間看到眼前多了三個「人」，都嚇得退到露台的邊緣，晶靈尖叫起來！

小泥人聽到晶靈的尖叫，也嚇得退到露台的另一邊尖叫了起來。

晶靈指著他們，大聲叫道：「羅茲威爾啊！」

小泥人否認，他說：「別認錯了！我們是泥人，和羅茲威爾不同，我們的身體完全由一堆泥土組成的！」

「真的有泥土外星人？」晶靈興奮地問道。

小泥人自我介紹道：「是的！我叫小泥人，這兩位是我的爸爸和媽媽！」

「我可以碰碰你嗎？」晶靈期待地詢問。

小泥人走近晶靈，伸出手讓她觸碰。晶靈也伸出手與他碰了碰。

晶靈驚訝地說道：「你的手就像乾掉的泥土，既冰冷又粗糙！」她接著說：「真神奇呢！我可以替你做一個詳細檢查嗎？」

友善的小泥人舉起雙手，說道：「當然可以！」

晶靈從詢問名字開始，再量度身高體重，檢測眼耳口鼻，並測試小泥人的身體對敲打的反應。她拿起望遠鏡的支架，在小泥人的膝蓋上敲了一下，她說：「真是個大發現！原來你們沒有膝跳反射！」

Chapter 3

「因為我們沒有神經系統。」泥人爸爸回答道。

這時，小寶說道：「晶靈正和外星人做『第四類接觸』，真有趣！」

晶靈問道：「什麼是『第四類接觸』？」

小寶回答道：「『第四類接觸』的定義，是指人類與外星生物有直接的接觸，例如人類被外星人檢查或進行實驗。而晶靈這個案例則相反，是人類對外星人的檢查或實驗。」

「實驗嗎？」晶靈眼珠迅速轉動，問道：「小泥人，你可以切一片泥土給我研究一下成分嗎？」

「可以啊！」小泥人高興地回答。「我也想知道自己的成分是什麼！」

泥人爸爸、泥人媽媽、小寶和安祖見到他們有趣的行徑，都露出了會心的微笑。

小寶向泥人爸爸問道：「為什麼你們會突然出現在這裡？」

泥人爸爸禮貌地回答道：「我們奉南極外星人聯盟總部之委託，來調查關於『魔鬼的印記』的事情。」

「南極外星人聯盟總部？」晶靈立即轉頭，非常好奇地問道。

「是的！」泥人媽媽也禮貌回答。「我們的總部設於南極，是由數千種外星種族共同運作的組織，簡稱『南極幫』。」

「你們從外太空來到地球，是為了研究人類嗎？」小寶問道。

「這並不是我們主要的研究項目。」泥人爸爸回答道。「我們的目的，是尋找創造宇宙的神，以及魔鬼所管治的地獄！」

「我們和地球人一樣，也一直在追尋神的真理。不過，所有曾經去見過神的外星人，沒有一個能夠正常回來。」泥人媽媽解釋。「他們不是死了，就是變得瘋癲，無藥可救！」

泥人爸爸點著頭，繼續說：「我們最近的研究方向是從魔鬼方面入手。在過去的幾百年中，我們一直憑著『魔鬼的印記』，去追蹤魔鬼的動向。」

泥人媽媽也點頭附和：「不過，『魔鬼的印記』在最近100年已經絕跡了，想不到在前天和今天，我們都偵測到它曾經閃動過！」

「是的！」安祖立即說道。「小寶和晶靈都中了魔鬼的符咒，最近兩天他們分別被控制過一次，因此他們的印記都從『圓形』變成了『三叉戟』。」

「這與總部的探測結果一致！」泥人爸爸說道。「他們在什麼情況下，中了『魔鬼的印記』呢？」

安祖於是將他們在「夢境世界」和「微縮世界」中的經歷一五一十地告訴了泥人們。

（有關這兩個故事，請參閱《魔夢啟示錄》和《量子愛情學》。）

Chapter 3　29

CHAPTER 4

量子傳送門

作為晶靈的守護天使，安祖原本應該壓制對她的非分之想。然而，在「夢境世界」和「微縮世界」的經歷中，他的佔有慾卻壓抑不住，迅速燃起。安祖既不安又矛盾，知道這樣的想法不應該存在，但已無法控制對晶靈的渴望，縱然表現得淡然，內心還是在經歷翻天覆地的變化。

　　「只是短短的幾天，你們便經歷了翻天覆地的變化，甚至來到了不屬於自己的平行宇宙！」泥人媽媽不禁感嘆地說道。

　　「我們還打算今天去地獄，與魔鬼商量一下，解除晶靈身上的印記！」安祖說道。「不過，我只知道如何從天界前往地獄，卻找不到方法將晶靈帶過去！」

　　「不只是我，還有小寶啊……。」晶靈提醒道。

　　泥人爸爸卻說：「我們知道人類能前往的地獄入口在哪裡！」

　　「在哪裡？」安祖問道。

　　「黃刀！」泥人爸爸回答。「在火星上的黃刀。」

　　「地獄怎麼會在火星呢？」晶靈問道。

　　「或許這個問題只有創造天地萬物的神能夠回答吧！」泥人媽媽說道。「我們在研究地獄時，發現它所在的大氣顏色與火星吻合，便派無人機探索。果然，我們在火星上的一個山洞，發現了地獄的入口！」

　　「要是地獄入口是在火星，我還能以天使身分，穿過天界到達，但是他們又怎樣去火星呢？」安祖攤著手問道。

　　泥人媽媽回答：「可以從地球直接傳送過去，因為我們還發現火星黃刀地獄區有一個連接地球的傳送門。」

安祖又問：「連接地球哪兒？」

「黃刀附近！」泥人爸爸回答。「不過是地球上的黃刀（Yellowknife），又稱為『黃刀鎮』，位於加拿大較北的領土。當極光大爆發時，那裡東北方的湖泊深處，會出現一個『火星傳送門』，連接到火星的黃刀。」

「都是叫黃刀！」晶靈說道。「真巧合呢！」

「你以為這兩個地方的名稱相同，只是巧合嗎？」泥人媽媽笑著道。「我們參與了『好奇號』火星探索計劃，當人類把探測車降落在那裡時，既知道該處有連接地球黃刀的傳送門，我們便建議把它命名為『黃刀』！」

「那麼我們現在就買機票去黃刀！」安祖立即說道。「要盡快解除晶靈的印記，否則如果紅光再閃兩次，晶靈便沒救了！」

「還有小寶啊……。」晶靈又提醒道。

「不用買機票！」泥人爸爸說道。「香港島和九龍半島都有『量子傳送門』，其中一個可以連接加拿大的黃刀鎮。」

晶靈好奇地問：「這些『量子傳送門』在哪裡？」

泥人媽媽回答道：「那四個傳送門，分別隱藏在魔鬼山、摩星嶺、柏架山，以及寶馬山上的第二次世界大戰遺跡中。」

泥人爸爸補充道：「準確來說，是在魔鬼山的軍事炮台、摩星嶺的軍營廢墟、柏架山的一葉洞防空洞，和寶馬山的一個隱秘洞穴。而通往黃刀鎮的，是在寶馬山洞穴。」

泥人媽媽繼續說道：「我們在『量子傳送門』周圍布

了陣法，以免有人意外闖入消失，造成麻煩，因此你們要自行破陣，找到傳送門！」

「意外闖入消失？」小寶突然想起一個有關「結界」的傳聞，他立刻問道：「西貢那邊也有一個『傳送門』嗎？之前有些登山者在西貢失蹤，都是因為誤闖『傳送門』嗎？」

「不是。」泥人爸爸搖頭回答，他解釋道：「西貢那邊的不是『量子傳送門』，而是『樹妖結界』。『樹妖結界』是為了保護一個地方，而設立的保護障法，只能困住人，並沒有傳送的功能。」

泥人媽媽補充說：「那邊的『樹妖結界』，是由另外一幫外星人組職『北極幫』管轄，他們的總部在北極，喜歡複製人類的身體，在世界各地活動。」

晶靈感到十分有趣，她問道：「外星人也有幫派嗎？究竟有多少種類的外星人在地球上活動？」

「這個我知道！」小泥人興奮地喊道。「大約有萬多種外星人在地球上活動！」

「這麼多！」晶靈聽得傻了眼。

泥人媽媽接著說：「很多人無緣無故消失，正是誤進了『北極幫』外星人管轄的『樹妖結界』。我們兩幫很少溝通，因此也不瞭解他們來地球的目的。」

「天亮了，我們盡快出發吧！」泥人爸爸建議道。

泥人媽媽接著說道：「現在出發的話，你們便能夠在黃刀的晚上9時到達，這樣便有一整晚可以尋找『火星傳送門』，相信能更容易找到它！」

小寶問道：「由香港去黃刀鎮的叫『量子傳送門』，由地球去火星的叫『火星傳送門』，究竟它們有什麼分別？」

泥人媽媽回答：「它們使用的技術都是一樣，都是『量子隱形傳送』，是以量子糾纏來傳送量子態到任何距離的工具，不過，『量子傳送門』是會將你們的身體和靈魂一起傳送，而『火星傳送門』則只是傳送靈魂。」

小寶苦笑道：「我們地球人運用『量子隱形傳送』技術，暫時只能做到電腦數據無限距離的即時傳送，而且還未能有效地廣泛應用，而你們外星人，竟然能做到實體傳送！」

泥人媽媽解釋：「我們為了讓你能聽明白，因此用人類一向使用，有『傳送』二字的術語，這令大家誤以為是實體粒子的傳送。但其實在實際操作上，根本沒有傳送，只有粒子的消滅和在遠距離的重建。」

小寶感到太不可思議，他結結巴巴道：「粒子的消滅和在遠距離的重建？那麼……原有的粒子……原有的身體……？」

泥人媽媽沒有再說明，她淡淡地道：「時候不早，該出發了。」

泥人爸爸拿出多個「泥巴帽」出來，說道：「大家一起戴上它，這樣其他人便看不見我們。接著，我會使用『反引力裝置』將大家送到地上，再把你們送到寶馬山。」

「那出發吧！」小泥人知道有機會外出，立刻高興地喊道。

小寶、晶靈和安祖戴上了「泥巴帽」。接著，他們感

到被一股力量牽引，穿過露台，慢慢降落到地面上。隨後，泥人爸爸啟動了「反地心引力磁力推進器」，他們向前加速，風馳電掣地在公路上奔馳！

很快，他們感覺到自己正在衝上山。

「這裡是寶馬山上炮台山以北約 50 公尺的日本戰時遺跡，海拔約為 200 公尺。」泥人爸爸說道。

泥人媽媽說：「看見那邊的洞穴嗎？洞口雖小，但你們滑下去後，便別有洞天。入口是一個大叢林，草木依據五行八卦排成了陣法，以奇門遁甲便能破解。找到陣法的中心後，便會看到『量子傳送門』。你們千萬別猶豫，直接穿越就可以了！」

小泥人將一張羊皮地圖交給晶靈，說道：「這裡有黃刀東北方，湖泊中『火星傳送門』的位置。」

泥人媽媽又道：「以前，『火星傳送門』的位置不在湖中，比較容易找到。但由於『地磁逆轉』的關係，出現傳送門移位的情況，到時你們可以根據這張新繪畫的地圖尋找。」

晶靈突然想到一個問題，她問道：「到達火星之後，我們需要穿太空衣嗎？怎樣應付火星的環境？還有，在火星怎樣前往地獄？」

泥人爸爸笑著回答：「就如泥人媽媽剛才所說，黃刀那邊的『火星傳送門』只是傳送靈魂去火星。到時候，你們的身體會被保存在地球上。」

「到了火星後，我們該怎麼做呢？」小寶問道。

「在火星黃刀上會有路牌，指示前往地獄的入口。」泥人媽媽解釋道。

「我們還有別的任務要做,就先走了,祝你們好運!」小泥人說完,他們一家便離開,只剩下晶靈三人在荒山野嶺中。

「我真的很喜歡泥人家族呢!」晶靈坐在草地上,雙手托著腮道。「他們純真、善良,而且很有禮貌。可惜現在分別了,才想起沒有留下他們的聯絡方法。」

「製造泥人身體的技術不是外星的!」小寶說道。「這是地球古代流傳下來的技術。妳喜歡的話,等我們回去,我可以做給妳!」

「真的嗎?你對我太好了!」晶靈挽著小寶的手臂,高興地望著他。

安祖拉開了晶靈,示意小寶先進入洞口。

他們逐一爬進那小小的洞口,先是小寶,之後晶靈,安祖殿後。

晶靈進入了洞口,蹲下身去,小心翼翼地探索。洞壁陰冷濕滑,光滑如鏡,她找不到支撐點,身體便沿著小小的山洞滑了下去。她完全失去平衡,忍不住尖叫起來,她感覺自己像在滑一條很長的滑梯,一直衝下去!

漸漸,洞道的底部出現了一道亮光,光線越來越明亮。突然,晶靈感到一陣疼痛,身體停頓下來。

她摸著大腿,發現自己、小寶和安祖三人一起跌坐在一堆草堆上。看來,這草堆是用來緩衝的設計,讓他們安全落地。

晶靈揉著大腿,抬頭四處張望,發現自己置身於一片幽暗的叢林,便說:「我們滑到山腳了嗎?」

小寶卻說:「這裡異常陰暗、空氣不流通、濕度特別

高，令人感到非常悶熱。我想，我們是在山腹中。」

安祖道：「這裡洞頂很高，我們可能已經深入地底，不如先四周看看。」

他們踏入叢林後，發現樹木排列得如同八卦陣般錯綜複雜。四周的景象似乎不斷變化，每一片樹葉、每一根藤蔓都好像在移動著。

小寶感到迷惑，他專心觀察著，然後高興地說：「我知道了！利用五行中金、木、水、火、土的相生相剋特性，便能破解迷陣。待會行走時，大家緊貼著我，千萬別走失。」

晶靈點著頭笑道：「小寶你真博學，連外星人的五行相生相剋也懂！呀……不對，五行這些知識又怎會是外星人的呢？」

小寶謙遜地說：「金、木、水、火、土，在全宇宙也有吧，它們之間的生剋規律，若只有地球人知曉，才說不通。」

晶靈欣賞地說：「小寶真聰明，也很謙虛，我們就跟著你走吧！」

安祖卻說：「我也有一個方法！小寶你走你的，我用我的方法，看誰先找到傳送門。」

晶靈感到很有趣，說：「好啊！你們就比賽，看看誰快到。」

安祖道：「晶靈，跟我來！」便立即抱起晶靈，展開他又大又美的天使翅膀，向上飛去。

晶靈看到自己很快地離開地面，然後在樹上稍高的位

置盤旋。只花半分鐘，他們便飛到了叢林的中央，下面的樹林掩映著淡淡的藍色光亮。

安祖淡淡地說：「我們已經直達中心，迷陣只能困住那些不會飛的人。」

安祖慢慢降落，晶靈一踏上草地，便忍不住向光源跑去。

晶靈停了下來，在他們前方，出現了一個大約兩公尺高，散發著淡淡藍色光芒的球體。它如水波一般輕輕顫動，像有能量在水球中間流動。水球的表層，繪有一些不可思議的符號，符號隨著波紋的流轉而變化，顯得神秘莫測。

他們慢慢走近，晶靈輕輕觸摸那顫動的符號說：「這便是『量子傳送門』了吧！」

安祖說道：「我們快進去！」

晶靈搖頭道：「小寶還未到，我們等他一下。」

突然，地上一處泥土鼓了起來，晶靈嚇得退後了一步。怎料，有東西冒了出來，她原以為會遇到什麼妖怪，定睛一看，竟然是小寶。

小寶雖然滿頭灰土，但興奮地道：「金生水、水生木、木生火、火生土、土生金，我最後破了土的迷陣，現在到達的，應該是藏寶的位置，亦即是『量子傳送門』的所在！」

晶靈羨慕地說：「你到來的過程好像很有趣呢！要不是安祖抱我飛過來，我便能跟你一起破陣了！」

安祖一臉不以為然，淡淡地道：「已經耽擱太久了，快進入傳送門吧！」

Chapter 4　39

於是他們手牽手，一起進入了「量子傳送門」。

晶靈感覺到一股像水的阻力，呼吸卻是順暢無阻的。

晶靈這個時候突然想：「可惜現在是 9 月，黃刀還未下雪，要是能晚幾個月來這裡，我們就能過一個白色聖誕了！」

CHAPTER 5
黃刀

他們向前走了約兩公尺，離開了那個水球。晶靈忍不住停下腳步，回頭望去，只見那些神秘符號和波紋變淡，漸漸消失。看來已經沒有回頭路了，她心中湧起一陣莫名的不安。

　　然後，一陣寒意襲來，晶靈寒冷得顫抖起來。她看到面前是一座城市，有十多層樓高度的建築物，這時天已經黑了，地上鋪滿了白雪。晶靈說道：「我還以為這裡是個平原呢！」

　　小寶說：「我們應該到達了黃刀的市中心，市區外面就是平原。不過這裡比較寒冷，感覺低於負20度，我們先要找個地方保暖！」

　　晶靈說：「為什麼泥人們沒有提醒我們呢？」

　　「可能泥人不怕冷，甚至他們的身體感覺不到溫度的變化！」小寶解釋道。「不過，9月份的黃刀不應該下雪，也不應該這麼冷的！」

　　他們看到前方有一個商場，於是走進去看看有沒有禦寒衣物。

　　「你們是來看極光的嗎？」店員親切問道。「根據預測，今天的極光級數預計較低，極光不活躍，範圍亦不大，能看見的機會不高。而且稍後將會下大雪，我建議你們晚上最好留在酒店！」

　　晶靈擔心地問道：「什麼時候才能看到極光呢？」

　　「我們黃刀最著名的，就是一年有250天能看到極光！」店員自豪地說道。「明天天氣將轉晴，而且接下來幾天地球磁場的擾動將會增強，極光級數預計都在五級以上，即是極光高峰時期。只要你們在這裡待上幾天，必定

能夠看得到壯麗的極光！」

　　於是，他們先購買了雪衣、雪褲、雪鞋、帽子、手套和雪地護目鏡，以及一些食物和飲品，還買了適合長途旅行的背囊和其他必要的設備，然後帶著詳細的黃刀地圖，前往小寶剛預訂的酒店。

　　入住酒店後，大家原應討論尋找到「火星傳送門」的計劃，不過，小寶卻只是沉默著，臉帶疑惑。

　　晶靈問道：「小寶，你又躲在自己的世界思考了，可以告訴我們，你在想什麼嗎？」

　　小寶說道：「剛才我在店舖中，留意到日曆上顯示的是 2024 年 12 月 24 日，購物單據上的日子也是一樣。之後我在訂酒店以及登記入住的時候，也確認了當前這個日子。」

　　安祖皺起眉頭道：「我也感到很奇怪，為什麼商場和酒店都已經裝飾得像是聖誕節一樣，我還以為是這裡的特別傳統呢！」

　　晶靈問道：「我們原本是在 9 月，怎麼一通過『量子傳送門』之後，便失去了幾個月的時間？」

　　安祖想了想，再說：「看起來『量子傳送門』並不太穩定和可靠。」

　　「只要我們三個在一起，時間變不變又有什麼關係呢？」晶靈的思考方式比較簡單，然後，她笑著把地圖給大家看。「這張是小泥人給我的羊皮地圖。」

　　羊皮上的地圖是手繪的，畫得比較簡單和粗糙。

　　「繪畫這張地圖的，究竟是地球人還是外星人呢？」晶靈心道。「泥人的手這麼堅硬，能拿筆畫圖嗎？」

小寶拿出羊皮地圖和紙製地圖進行對比。他說：「根據比對，『火星傳送門』距離我們東北約25公里的湖泊中！」

「那麼我們怎麼去那裡？」晶靈問道。

「在不熟悉的雪地走有較高風險，我們先去『極光村』休息補給，它在我們現在所在地東北方約23公里處，而且有路前往。」小寶說道。「明天我們可以租用雪上摩托車，只需要開一個小時就能到達。」

「要租用船隻嗎？」晶靈問道。「我們可是要到湖中心呢！」

「羊皮地圖上有顯示船的位置。」小寶說道。「就在卡西迪角地區公園附近有一個小型碼頭，那裡有一艘船，我們可以使用！」

「不過現在氣溫已經下降到冰點以下，不知道湖面是否結冰了？」安祖考慮著。「如果剛開始結冰，冰層的穩定性也是個問題。」

「還是一句話，隨機應變！」小寶說道。

之後，他們上了酒吧慶祝平安夜。酒吧內的樂隊演奏著古老的音樂，在昏暗的燈光下，安祖被晶靈騙了，喝了些以為是果汁的酒，結果他倆都醉得有點頭昏腦脹。

小寶卻只是稍微喝一點酒，他想在這個新的環境保持清醒，以應對任何突發情況。

小寶留意到酒吧側門後，有一雙熟悉的眼睛在盯著他們。他記得這對眼睛是屬於剛才店鋪裡面的店員，在進入酒吧之前，小寶已經透過玻璃反射看到店員一直在跟蹤他們。

不單那名店員的跟蹤令人懷疑，酒吧的酒保似乎也很可疑，因為他每隔一段時間，便會有意無意地偷偷望向他們，小寶感覺自己正受到監視。他唯有假裝喝醉，暗中保持警覺，方能隨機應變。

　　兩個真醉、一個假醉，他們搖搖晃晃地冒著大雪，離開酒吧，返回酒店。

　　整個平安夜過得倒也平安，沒有發生任何意外。也許是因為之前幾天的經歷太累，他們都睡得很沉。

　　冬季的黃刀日照很短，早上大約 10 時天才亮。匆匆地吃過早餐，他們便離開了酒店。

　　他們租了三輛雪上摩托車，朝著東北方向的山路前進，目標是一小時內，到達極光村的營地。

　　離開市區後，他們眼前是一片平原，天空晴朗明亮，空氣格外清新！

　　「這裡很平靜，很美呢！」晶靈說道。「為什麼這裡特別容易看到極光呢？」

　　小寶回答道：「黃刀在北極圈以南約 400 公里，地勢以平原為主，而且濕度較低，空氣中的水分不會對極光的觀測造成太大的影響。」

　　「極光是怎樣形成的呢？」晶靈好奇地問道。

　　「極光是太陽風中的帶電粒子進入地球磁層，與大氣層中的分子碰撞後，釋放出能量而形成的現象。」小寶解釋道。「因為地球的磁力線在極區更接近地球表面，所以極光通常在地球的北極和南極出現。」

　　「那麼，店員提到的五級極光級數是指什麼？」晶靈追問道。

Chapter 5　45

「極光的級數代表地磁擾動的程度，級數越大代表極光越活躍。」小寶解釋道。「一般來說，三級極光已足夠清晰可見，而五級極光則非常少見。連續幾天有五級極光的預測，可能是因為今年太陽剛好進入了 11 年一遇的黑子活躍期巔峰。」

此時，天空突然閃起了淡淡的色彩。小寶說：「這可能是極強的極光，令我們在白天也能隱約看到！」

「我們真是太幸運呢！」晶靈笑道。「如果今天帳篷區沒有其他人，我們三個能在那裡靜靜地過聖誕節，那就太好了！」

小寶一邊說著，同時偷偷回望，確保沒有人在跟蹤他們。他對昨天店員和酒保的監視仍然存有戒心。

一小時後，他們順利地到達了極光村。

「嘩！這些帳篷真美！」晶靈讚嘆道。「如果晚上能在這裡看到夢幻般的極光，一定很浪漫了！」

小寶笑著說：「既然妳這麼喜歡，我們今晚先留在這裡觀賞極光吧！地獄之事，可以再延遲一晚！」

「好啊！」晶靈也笑著回應。「這邊還有餐廳和禮品店，看看有沒有東西可以買！」

然後，晶靈拉著小寶和安祖到禮品店。當他們推門進去後，卻看不見有人在店裡。

「燈光亮著，暖氣也開著。」晶靈說道。「或許店員剛好去洗手間了，我們可以先去餐廳吃點東西，然後再回來買東西。」

於是，他們走到餐廳。不過，當他們推開門的時候，卻發現裡面也沒有人。

「這間餐廳跟剛才的禮品店一樣，燈光亮著，暖氣也開著。或許，店員也剛好去洗手間了？」晶靈猶豫地說道。

安祖卻說：「餐桌上都放著很多未吃完的食物，桌上的蠟燭仍然在燃燒。」

晶靈問道：「是不是發生了緊急事故，或者意外？」

小寶沉思片刻說道：「不論是禮品店或餐廳的一切，還是正常運作的樣子，感覺就像員工和客人們突然全部消失了一樣。」

安祖建議道：「我們不如也去帳篷區看看！」

到達帳篷區後，他們仍然見不到任何人影，但發現有一個營火正在燃燒。火堆上放著一個簡單搭建的烤肉架，上面串著幾條魚，魚的底部已經開始焦黑，傳來陣陣混合魚香和燒焦的味道。

「看起來像是有人正在烤魚，突然中途離開，而且離開的時間不久。」晶靈猜測道。

「圍繞營火周圍有一些腳印，但除此之外，其他地方都沒有。」小寶仔細觀察。「難道原本在這裡的人不是步行離開的？」

安祖看到一個帳篷的門開著，他走過去察看，然後大叫道：「裡面有兩個背囊和兩件禦寒大衣！」

「這真奇怪！看來好像有兩個人連禦寒大衣也沒穿，便離開了。」晶靈感到有些奇怪。

小寶走到另一個帳篷，掀開門一看，然後驚呼一聲，衝了進去！平時的小寶處事審慎冷靜，但他剛才的行為和反應，令晶靈和安祖都感到不對勁。於是，他們也跟著小寶跑到那個帳篷去！

Chapter 5

帳篷內堆滿著大量槍械、火藥和其他軍火裝備，就像一個軍火庫一樣！

小寶拿起一支又一支的步槍，仔細欣賞著。最後，他拿起一把輕巧的手槍，說道：「這支是 FN57 半自動手槍，就算裝滿子彈，重量也不到 800 克。」

晶靈看著小寶撫摸著手槍，問道：「你好像很喜歡這支手槍呢！」

小寶繼續欣賞手槍，他解釋道：「我什麼槍都喜歡，因為槍擊聲實在太美妙了。這支手槍的特別之處，是彈藥的初速比一般手槍快一倍，能輕易穿透防彈背心。」

晶靈問道：「這支槍還能使用嗎？」

小寶檢查了一下手槍，又打開彈匣說道：「裡面裝滿了 20 發子彈，可以用！」

安祖感到有點不安，他沉重地說道：「極光村是一個旅遊區，卻出現了這麼多軍火裝備，而且所有人突然消失了，這種情況實在太不尋常！」

就在這時，外面傳出了一些聲響，小寶立即衝出去，只見兩個人站在火堆旁邊！

是那可疑的店員和酒保！

「別動！」小寶舉起手槍，瞄準他們。

CHAPTER 6

大鬧極光村

只要指尖動一動，眼前脆弱的生命便會立即消失。操控他人的命運、掌握生死之權的感覺真的令人興奮。唯一無法逃避的難題，是究竟先殺左邊的他，還是右邊的他？

　　店員和酒保面對充滿殺氣的敵人，竟然毫不畏懼，只是愣了一下，然後舉起雙手，問道：「是誰運用了『幻象之力』，將這裡變成了一個無人之境？」

　　「什麼是『幻象之力』？」小寶帶著懷疑的眼神問道。

　　店員解釋說：「就是你們之間其中一位天生擁有特別強大的靈力，能夠與太陽風中的帶電粒子，在地球磁層與大氣分子碰撞後釋出的能量共鳴，以至內心的想法，與現實結合，創造出一個新的『平行世界』。」

　　「你們說的『太陽風中的帶電粒子，在地球磁層與大氣分子碰撞後釋出的能量』，是指極光嗎？」小寶問道。

　　「是的！」店員把簡單的詞語複雜化了。他又說：「那種共鳴現象被稱為『極光共鳴』，而能夠利用『極光共鳴』去改變世界的力量，就是『幻象之力』！」

　　酒保接著問道：「在你們之間，有沒有人想過，希望這裡沒有其他人？」

　　就在這時，晶靈和安祖也走了出來。

　　晶靈說道：「我有想過，如果這裡只剩下我們三人，靜靜地過聖誕節便好了！」

　　「原來如此！」店員說道。「昨晚我們探測到一股『幻象之力』的干擾。昨天激光級數極低，能夠在這種情況下引起『極光共鳴』的天賦靈力一定非常強大。」

　　酒保突然奇怪地問道：「小姐，妳是來自哪個星球？

妳是屬於『南極幫』的嗎？」

小寶反應更加敏銳，既然他們問起「南極幫」，便有可能是外星人了。於是他反問道：「你們是來自『北極幫』的嗎？」

晶靈立即想起泥人們曾經提及過，「北極幫」外星人的總部位於北極，他們喜歡借用複製人類的身體，在世界各地活動。難道眼前的店員和酒保，都是外星人嗎？

「我們是『北極幫』的成員，這裡離總部很近，所以附近大部分都是自己人。」店員解釋道。「昨天你們三個陌生面孔突然闖入這個區域，還運用了『幻象之力』，將時間瞬間由9月變到12月，這令我們不得不多加留意！」

晶靈尷尬地說：「我來的時候，確實有想過，希望能在這裡過白色聖誕！」

小寶無奈地問：「既然只是受到『幻象之力』的影響，為什麼這裡會有一個『軍火庫』呢？晶靈應該不會想到這些東西吧？」

店員說：「可能是因為這位小姐心中潛藏著邪惡的念頭，不經意將破壞的力量注入到這個世界之中！」

他再望向小寶與晶靈說：「經過探測後，我們發現你們兩位，帶有魔鬼的氣息！」

聽到「魔鬼的氣息」這五個字，小寶突然變得焦躁起來，他不想披露關於「魔鬼的印記」之事，於是冷冷地回答道：「這不關你們的事！」

酒保凝重地說：「這個地方是我們的根據地，我們有權弄清楚事情的真相。」

小寶吼叫道：「別窺探我們的秘密！」

Chapter 6　51

「你們究竟來自何方？」酒保強硬地質問道。

突然間，槍聲四起，小寶向店員和酒保連開了至少十槍！

小寶的肩膀上閃起了紅色的光，似乎是「魔鬼的印記」第二次起了作用！

店員和酒保被槍擊中，還未反應過來，就倒在地上了，他們的鮮血在雪地上滲開來，與潔白的雪形成鮮明的對比。

這只是短短幾秒的事，晶靈目瞪口呆地站著，不知道要做什麼。

而安祖立即把小寶壓在雪地上，以防他進一步犯錯！

然而，晶靈卻像是突然想到什麼似的，她從火堆中拿起一支火把，然後跑到軍火庫。

她取出一堆火藥，點燃引線，把它們一個又一個地擲向所有帳篷，以及禮品店和餐廳！

晶靈怒吼道：「我要毀屍滅跡，毀滅這裡的一切，不能給『北極幫』追蹤到任何線索！」

晶靈的肩膀上也閃起了紅色的光！

最後，她將火藥拋到店員和酒保的屍體上，更加狂妄地大喊：「你們這些外星人，別來地球搗亂！」

原本安祖正壓制著小寶，擔心他會加入晶靈一起搗亂。不過，眼見整個極光村都快要被火光吞噬時，他們更需要趕緊逃生！

此時，小寶已經清醒過來。雖然他不清楚發生了什麼事，但見煙霧瀰漫、火光熊熊，於是和安祖合力把發狂的晶靈拖離火場！

他們逃得遠遠的，因為擔心「軍火庫」會爆炸。

果然，「軍火庫」突然爆炸了！沒幾分鐘，餐廳和禮品店紛紛倒塌，帳篷都燒得通透，整個極光村被夷為平地，化成一片灰燼！

晶靈也終於恢復清醒，她問安祖：「我做了什麼？」

安祖只是道：「讓我看看你們肩膀上的印記！」

小寶和晶靈都褪開了衣服，給安祖看。在火焰的餘溫下，他們都不覺得寒冷。

「都變成了『六角星』的印記！」安祖搖著頭說。

「『六角星』？不是『三叉戟』嗎？」晶靈問道。

安祖解釋道：「印記最初是『圓形』，但每次犯罪後，印記都會進化。隨後的三次犯罪，印記分別會進化成『三叉戟』、『六角星』和『九眼人』的符號。而終極印記『九眼人』會令人的善良消失，並且常常作惡，死後靈魂也會墮入地獄成為魔鬼的奴隸！」

「在印記進化時，涉及到數字 3、6 和 9！」小寶說道。「這令我聯想起在日本工作時，接觸過一件與佛學有關的奇遇。」

「魔鬼不是由神創造出來的嗎？又怎麼會與佛學有關呢？」晶靈好奇地問道。

小寶回答道：「佛學與神學並不矛盾，佛學是一種值得欣賞的思想方式，因此我一直有留意。」

「那麼，佛學和『369』有什麼關係呢？」晶靈再次問道。

「日本的未來佛被稱為『彌勒』（Miroku），其發

音與日語中的『369』（Mi-ro-ku）相同。」小寶解釋道。「我隱約覺得它們可能有關聯！」

「這確實與未來佛有關。」安祖點頭說道。「原本中了『魔鬼的印記』的人會立即完全失去善性，不過，未來佛曾與魔鬼交手，並把善因種在魔鬼身上。善果之一，就是能令『魔鬼的印記』的效果延緩，在作惡三次後才生效，使中了印記的人有時間和機會去解除它。」

「上次的『天使長大戰魔鬼』已經是一件很匪夷所思的事情了！」晶靈笑道。「原來魔鬼也曾與未來佛交過手，他的仇家真多呢！」

「我覺得更令人匪夷所思的，是在魔鬼身上種了善因。」小寶說道。「我很期待看到，這個善因除了能令『魔鬼的印記』效果延緩之外，究竟還會結些什麼令人震撼的善果？」

安祖望向一片廢墟，卻說道：「可惜我們暫時只看到來自魔鬼的惡果！」

小寶提議道：「既然這裡已經變成廢墟，而且『北極幫』的其他外星人可能隨時會出現，我們最好盡快去找通往火星黃刀的傳送門！」

安祖指著北方說：「『火星傳送門』就在兩公里外的湖泊中。」

「我們出發吧！」晶靈高興地說道。然後她四處張望，問道：「我們的『雪上摩托車』呢？」

「它們原本都停泊在帳篷群旁邊。」小寶攤著手說道。「很明顯地，它們都被燒成灰燼了！」

晶靈尷尬地笑著。

小寶研究著地圖說：「我們先走大約一公里半的陸路到卡西迪角地區公園，那裡有一個小型碼頭，到時再視湖面情況，決定怎樣前往湖中心。」

「一公里半的話，跑過去也只需要十分鐘左右！」晶靈笑道，她邊說邊開始走。「那我們步行去碼頭吧！」

可是，晶靈這樣說的時候，她忘記了大家是在積滿厚雪的山區中。

原本的道路已被超過一公尺深的雪所掩蓋，根本已看不出來。所以，他們只能朝著大約的方向前進。

更糟糕的是，積雪非常鬆軟，他們每踏一步，整條腿就會陷入雪中。每走一步，都要很費力地將腳從雪中抽出來再向前踏。

「這就叫做『舉步艱難』！」晶靈起初還懂得說笑，甚至故意撲倒在雪上，令粉雪紛飛。然而，走了至多幾十步後，晶靈已經覺得非常疲累，真的是舉步艱難。她問道：「還有多久才到？」

「我們花五分鐘才走了約 50 公尺！」安祖回答說。「以這個步速，再走兩個多小時就能到了！」

結果，晶靈的左手掛在安祖的肩膀上，右手掛在小寶的頸項上，被他們半拖半拉著，最後用了足足三小時，才走到碼頭。

累了個半死，三人終於看到那艘因為河水結冰而被卡在碼頭的船。

小寶和安祖分別檢查著船和冰層。

「船不能開出去了！」小寶說道。

「幸好冰層夠厚，我們可以從冰上過去！」安祖說道。

「船上有些裝備！」小寶跳上船察看。「這裡有溜冰鞋，我們可以溜冰過去。」

「不是晚上才有極光嗎？」晶靈問道。「我們是不是應該等晚上再過去？」

小寶笑著回答道：「白天也有極光，只不過陽光太猛，把它的光芒掩蓋，我們才很難看得到！」

安祖說道：「今天太陽在下午3時30分左右就會落下，我們可以先溜冰到那個位置搭營帳，一邊露營、看日落，一邊等待『火星傳送門』的出現。」

「這個提議真浪漫，太好了！」晶靈高興地說道。

於是，他們選好合適的溜冰鞋，便向湖中心滑出去！

冰面很平滑，反射著微弱陽光淡淡的光輝，這讓晶靈感到靜謐，她想：「待寒冬更深時，冰面會被白雪完全埋藏吧！」

突然，晶靈看到了一對白色的北極狐在冰上奔馳，她興奮地說：「北極狐！」

北極狐看見有人，竟然停了下來，側著頭可愛地望著他們。晶靈也停了下來，在背囊中拿出兩條玉米，引牠們過來吃。她笑著說：「我知道不應該餵食野生動物，你們事後再責備我吧！」

小寶聳聳肩，說道：「你們看，這兩隻北極狐的眼睛都是異色瞳，一邊是藍色，另一邊是黃色。獨特的美麗，令牠們有『雪中精靈』的美譽。」

「牠們是『精靈』，我又是『晶靈』，我們真是有緣

分！」晶靈笑著說道。

兩隻「雪中精靈」吃過玉米，邊走邊回頭，似是以眼神致謝晶靈。然後，他們繼續溜冰。很快，便到達了「量子傳送門」的位置。

確定位置後，他們便在冰上紮營。小寶甚至在冰上鑿了一個約十公分直徑的洞，釣起魚來。

就在此刻，一隻雪鴞飛過來，在他們的帳篷上停下來。安祖說道：「《哈利波特》（*Harry Potter*）中的信使便是雪鴞，牠是白色的貓頭鷹！」

晶靈見到雪鴞明明背對著他們，牠的頸卻能以令人詫異的角度扭動。當牠的頭扭到完全向後，即以 180 度扭了過來後，竟然用那天生不會動的眼球直勾勾地盯著她。

晶靈說道：「這隻貓頭鷹有點嚇人呢！牠是不是在數我的眉毛？據說被牠數完眉毛的人便會死亡，那我是不是要死了？」

她驚慌地用手指沾了點口水，然後把眉毛弄濕，再笑道：「聽說這樣，牠便不能準確數出我眉毛的數量，我就不會死了！」

小寶和安祖因為她的天真而大笑起來。他們笑著說著，就像普通露營的男女一樣，一點也看不出他們正準備勇闖地獄。很快，太陽落下了，漫天紅霞的餘輝逐漸消退，天色變得深沉。天黑之後，他們看到了熟悉而又陌生的星空。

「看！大熊座的北斗七星在中天呢！」晶靈驚嘆道。

「還有那銀河，它在穿過仙王座、仙后座、英仙座、御夫座……。」小寶接著說。

突然之間，在漆黑的夜空中，出現了如絲一般的神秘光芒——綠色、藍色和紫色的極光在銀河旁璀璨輝映。極光的光芒在天空中繚繞，然後整個天空閃耀起來！

　　「這是極光大爆發！」安祖叫道。「11 年一度的太陽黑子週期巔峰，果然名不虛傳！」

　　與此同時，冰面發出淡淡的光芒，原來是在冰層下出現了一個約兩公尺直徑的球形「火星傳送門」！

　　「竟然是在冰下面！」安祖邊說邊鑿開冰面。很快，他們便能碰到傳送門了。

　　「我們的靈魂是時候去火星的地獄了！」小寶說著，便拉著他們進入了「火星傳送門」。

　　這時，晶靈正想道：「那麼我們的身體會變成怎樣？『南極幫』的外星人會幫我們好好保存嗎？會留在冰面，還是掉進水中？要不要先去南極總部問問他們？如果在那裡和外星人過地球的新年，說不定他們會一起慶祝呢！」

　　就是這一想，似乎又再次打亂了小寶勇闖地獄的計劃！

　　當他們走出「火星傳送門」時，小寶已經感到不對勁。

CHAPTER 7
閻王要你三更死

從黑暗走進光芒，原以為會進入橙紅色的大氣空間，然而，天空卻藍得清澈，一朵朵白雲輕輕浮動。冷風呼嘯，眼前是耀眼的冰面，遠處冰山漂浮在碧藍的海水中。景象壯麗無比，卻似乎有點不對勁⋯⋯。

　　安祖說道：「在火星的黃刀表面，岩石含有大量氧化鐵，應該是橙紅色的，另外，火星的大氣也應該是橙紅色的！」

　　「我們現在站在一大片冰上！」小寶說道。「頭上的藍天白雲，不就說明了我們還在地球嗎？」

　　他們望著晶靈，她不好意思地說：「剛才我是想過去南極找『南極幫』，而且與外星人一起過新年⋯⋯，可能誤用了『幻象之力』吧！」

　　就在這時，一群奇怪的生物湧了出來，大家互相擁抱，並喊著：「新年快樂！」

　　這群生物有多奇怪呢？有一堆類似黏土的東西懸浮在空中，他們看來像是生物，是因為他們好像有眼和口：眼睛炯炯有神，口部一張一合，像在與身邊的同類在互相交談著。

　　另外一堆是寶石狀的物體，像紅寶石、藍鑽石和紫水晶，在太陽下閃耀生輝。但是他們都有幾隻腳，腳趾上有利爪，能在雪地上穩穩地跑動。

　　他們三人也感到，有些東西在他們面前游移，他們有種淡淡的氣味，卻沒有形體。就像明知有東西存在，卻又看不到他們。偶爾聽到他們低聲交談，但每當想要專心聆聽時，那些東西又立即停止說話。

　　還有在冰面上，有一堆在活動的冰塊，他們就像隱身了一樣，但當走到其他生物前面時，他們又會跟著背景顏

色發生變化。這些有著變色龍特質的生物，隱約看起來就像立方冰塊。

遠處還有一堆，牠們身體是白色的，頭頂和背部則是黑色，體型較矮小。牠們像地球生物一樣，有長著眼睛的頭部和能站立的雙腳，腳下卻長著蹼，看來似乎能夠游泳！

最像樣的，是一堆晶靈曾見過的「小灰人」！

小寶、晶靈和安祖曾經見過泥人家族，而且都知道有「北極幫」和「南極幫」等上萬種外星人在地球上活動。因此，當他們在冰天雪地下看到這群奇怪的生物時，並不感到害怕，反而很自然地聯想到他們是外星生物。

晶靈向「小灰人」打招呼，並說道：「你們都是泥人嗎？我們和三位泥人是好朋友呢！」

一位特別高大的「小灰人」回答道：「我們是你們口中的真正『小灰人』，我是『灰長老』，泥人是我們造的『智慧工具人』，就像你們製造的機械人一樣，不過他們有思考和社交的能力。給予指令，便為我們服務！」

「原來是這樣！」晶靈感嘆地說道。「那麼，身邊這些朋友們又是從哪裡來的呢？」

灰長老回答道：「『懸浮黏土』和『帶腳寶石』分別來自天鵝座的開普勒 69c 和 HAT-P-7b。『氣味淨體』的故鄉距離這裡最近，是來自太陽系中心的黑洞。至於『變色立方』則來自天秤座的葛利斯 581g。其他的朋友，我也不逐一介紹了，你們有機會便互相交流吧！」

「大家都來自這麼遠的地方，請多多指教！」晶靈讚嘆道。她又指著那一群身體白色，頭頂和背部黑色，腳上長著蹼的生物，問道：「這堆漂亮的生物，又是從哪裡來

Chapter 7

的呢?」

「這些其實是地球的『南極企鵝』,只是牠們的身形比一般企鵝要小很多!」小寶尷尬地說道。

「這麼小的企鵝,我沒見過呢!」晶靈笑道。「我還以為有一種外星生物長得像企鵝呢!」

灰長老說道:「其實,全宇宙進化得最完美的生命都在太陽系,其中,最像神的生命就是地球人!這也是為什麼這麼多外星人聚集在地球的原因,我們希望能尋找到神,讓我們能變得更完美、更接近祂!」

小寶好奇地問道:「你們在地球這麼久,做了些什麼,有什麼研究結論和成果呢?」

「先說我們『南極幫』。」灰長老回答說。「我們一直致力於尋找直接接觸神的方法,或是透過間接的方式接觸祂所創造的特殊事物,比如地獄。因此,我們對那些身上帶有『魔鬼的印記』的人非常感興趣!」

「我記得泥人們也曾經這樣說過!」晶靈說道。

灰長老繼續說:「多年來,我們也一直透過『混血兒』的方式,通過與人類的結合,使物種進化能更接近人類。可是,就像馬和驢的混種結果是騾子一樣,雖然我們能夠成功培育出混血兒後代,但他們跟騾子一樣無法再繁殖下一代!」

晶靈隨口打趣道:「轉個方法不行嗎?例如,以人類為主體,再慢慢滲入外來基因……?」

灰長老苦笑道:「果然是旁觀者清、當局者迷!直到最近,我們才想到,可以直接複製一對人類男女的身體,然後加入各種星際基因和智慧。那麼,我們各種星際種族,

便能直接在最肖似神的人體中繁衍下去。我們已經為這能為各種星際智慧帶來顛覆性改變的計劃命名為⋯⋯。」

灰長頓了一頓，壓低了聲線，莊嚴地道：「⋯⋯『伊甸園計劃』！」

「伊甸園計劃」！想起在「夢境世界」中得知了自己在神的國度伊甸園中，是亞當和夏娃的身分，晶靈與小寶都有一種異樣的感覺。

小寶對於灰長老的計劃有點不明白，於是問道：「為什麼要用複製人？把你們的基因直接加入現在人類的身體不就行了嗎？」

灰長老解釋道：「那樣會出現排斥反應，只能夠在複製人類中的每一步逐漸加入，才能成功。」

晶靈顯然不太理解，她沉默了一會，便轉了話題問道：「那麼，『北極幫』呢？」

「他們神秘之極，一直不願與我們往來。」灰長老說道。「根據調查，他們透過不斷複製和轉化進入人類的身體，以使自己更加接近人類，但我們無法得知他們掌握和使用的科技。不過，我們知道，他們出現在地球，也是和神與魔鬼有關的！」

灰長老頓了一頓，接著說道：「他們有代表，曾與魔鬼交手，為的是種下善因，以改變地獄的未來！」

「是未來佛！」晶靈想起之前小寶說過的話，驚呼道：「原來他也是外星人！」

灰長老繼續說道：「在研究人類為何能越趨完美時，我們發現了一條定律。那個定律控制著一個人一生的大致發展方向，以及進化過程中下一代的大致變化。儘管每件

Chapter 7　63

事件中,人類都有自己的自主意志,但整體方向早已被定下來的。」

就在這時,「帶腳寶石」紫水晶走了出來,用一道女聲說:「這個整體方向,其實人類都早已知道,並稱之為……『命運』!」

灰長老說道:「『帶腳寶石』擁有宇宙中最高的智力,他們從歷代所有人類每時每分每秒的行動紀錄中,研究出一個規律。」

「一個人的命運,是從『時間標記』所產生的『亂數』所決定。」紫水晶說道。「這是我們透過極大量的數據,以類似人類所用的概率去推論出來的,其準確率超過百分之九十!」

灰長老繼續道:「準確率的誤差,是因為魔鬼一直製造迷惑影響人類,令他們不能完全按照神的設計,去履行合理的自主意志。」

「不過,有一個方法可以令準確率達到百分之百!」紫水晶望著小寶說道。「我們需要有『魔鬼的印記』人類的血液,以解開魔鬼迷惑。」

小寶立即說:「那我給你一些血液做研究吧!」

「多謝你了!」紫水晶立即取出針筒,在小寶手臂上抽取血液,完成後,她卻帶點狡獪說:「為免出現血液的排斥,我們需要使用人類的身體。我想……既然連血液也給我了,不會介意也抽取你的基因,來複製一個『小寶』吧!」

小寶怔了怔。

卻聽到灰長老莊嚴地宣佈:「小寶的複製人,將會成為我們『伊甸園計劃』中的第一人,他將擁有上幾千種星

際基因和智慧，以及能夠利用『魔鬼的印記』，洞察魔鬼的神奇力量！」

紫水晶補充道：「小寶複製人，更能夠利用『魔鬼的印記』的知識和智慧，來消除推算命運中最後的誤差，能夠做到百分之百準確的算命術，從而解決人類命運之謎！」

晶靈和安祖都目不轉睛地望著小寶。

紫水晶又道：「小寶請跟我進來實驗室，過程中有可能需要你更多的血液。」

小寶抓抓頭說：「我當然願意，因為這個『混血兒』將會成就世間的一大創舉，能破解人類命運之謎！」

晶靈替他高興地說：「小寶，你的命運真是神奇！」

小寶進入實驗室後，安祖問灰長老：「『時間標記』用來產生『亂數』，究竟代表些什麼？」

灰長老解釋道：「就像地球人編寫電腦程式時，會引入一個『亂數』來得到一個『隨機』的結果。很多時候，程式編寫員會以『時間』作為『亂數』！」

「這樣我明白了！」安祖恍然大悟地道。「我在寫電腦程式時，也會使用這種方式！」

晶靈問道：「但這個『時間亂數』，如何影響人類的命運呢？」

灰長老回答道：「舉例來說，創造者要設計一個人的命運時，便直接用那人出生的年、月、日和時間作『亂數』。」

「時辰八字？」晶靈和安祖異口同聲地驚呼。

晶靈說道：「我知道中國命理學中的時辰八字，會根

據一個人的出生年、月、日和時辰的四柱,即年柱、月柱、日柱和時柱,以其天干地支組成八字,用來推算一個人的命運。」

灰長老說道:「正是那個人一生的命運,是以八字設定的,因此反之能以八字計算出來!」

安祖問道:「那麼為什麼以八字算命,並不完全準確呢?」

灰長老回答道:「正如我們剛才所說,魔鬼一直在製造迷惑影響人的意志,讓他們做出一錯再錯的選擇,命運就會因而出現與預設的偏差。而且,八字只計算到時辰,至少要計算到分秒或更細,才能更準確吧。」

「那麼,在中國命理學中最準確的紫微斗數呢?」晶靈問道。「它也是根據人的出生年、月、日和時辰去排『命盤』,之後分析星體對人的影響。但星體的影響,是否為另一種『亂數』呢?」

「不是另一種『亂數』!」灰長老說道。「星體的運行位置能透過時間計算出來,所以它們都是『時間亂數』的一部分!」

「這樣說來,連西方的星座也是基於相同的原理!」安祖說道。「知道時間,就知道星體的位置,所以它們也是『時間亂數』的一部分!」

「正是!」灰長老點頭道。

「我有些奇怪的想法!」晶靈突然說道。「這些命理學不是本來就是人類自己發展出來的嗎?怎麼你們反而變成會算命的外星人了?」

「現實情況,剛好相反!」灰長老回答道。「民間的

算命伎倆，是我們把研究成果，傳授給人類的！不過，早期傳授給人類的術數方法誤差很大，準確率並不高。」

「那麼，你們現在計算的準確率比人類高多少呢？」安祖問道。

「舉例來說，坊間預測死劫的精確度只能計算到『流年』。」灰長老微笑道。「以我們現在的技術去計算一個人的死劫，能夠精確到具體的日期和時辰！」

<u>「很有『閻王要你三更死，誰敢留人到五更』的意味。」晶靈笑道。「那麼，你們可以算算我的死劫會在什麼時候嗎？」</u>

灰長老屈指一算，然後說道：「根據我的計算，妳的死劫就在今天，2025年1月1日的三更！妳會經歷三個死劫……然後死亡！」

「三個死劫？」晶靈叫道。「三更即是子時，現在距離子時完結只剩下30分鐘，那你的意思是我在30分鐘內會經歷三個死劫，然後死亡嗎？」

灰長老回答：「是的，不會錯的！生死有命，人人如是，這是自然法則的一部分，妳也不必為自己的死難過。」

就在這時，紫水晶突然從廂房走了出來。她心急地對晶靈說：「小寶複製人的身體抗拒自己『魔鬼的印記』，我現在想借用晶靈的血液，因為小寶會拒絕自己，但絕對不會拒絕妳……包括妳的『魔鬼的印記』！」

「妳要做什麼？」晶靈見紫水晶不懷好意，害怕地問。

紫水晶拿出一支針筒，快速地說：「我要妳的血液！」

說罷，晶靈突然全身不能動彈，只見到紫水晶快速地一針刺進她的左手臂，抽取一針，然後迅速拔出針筒，整

Chapter 7

個過程不到三秒!

紫水晶連「謝謝」也沒有說,立即跑回實驗室,看來非常著急!

不知為何,晶靈突然對紫水晶的無禮行為感到極度不悅,她怒氣沖沖地衝去實驗室,想找紫水晶算帳!

同一時間,小寶由廂房走出來,看到晶靈憤怒的樣子,似乎要對紫水晶不利!

「紫水晶在培育我的複製人,妳不能傷害她!」小寶說道。

「她刺我一針,難道就沒有後果了嗎?」晶靈反問。她從裝備中拿出小刀,刺向小寶,她要擋開他的阻攔。

小寶也拿出裝備中的小刀,刺向晶靈,他要阻止她的攻擊。

兩道紅光一起閃起來!

他們一起犯罪,同時完成了「魔鬼的印記」第三次的犯罪!就在這時,他們才突然意識到自己舉起了刀子,正對著彼此的要害,只差輕輕一推,便會送掉對方的性命。

他們立即停手,但已經太遲了,拉開衣服,見到兩人背後的肩膀位置,印記都變成了「九眼人」。

小寶和晶靈身上有了終極印記,他們死後必定會墮入地獄了!

CHAPTER 8
三個死劫

邪惡是一種意念，震撼著純淨的靈魂。它在黑暗中潛藏，如同一把利刃，在我們最脆弱的瞬間凌遲善良，吞噬希望。

小寶和晶靈仍然手持利刃，卻都一臉悵惘。

灰長老看了看時間，說道：「大家也看見了吧，晶靈的第一個死劫果然在這時辰出現了。不過，究竟要怎樣，才能把死劫的推算準確度，由時辰提升到分，甚至是秒呢？」

紫水晶從實驗室走出來，說道：「實驗室中的複製人是小寶的身體，除了他自己的基因外，我還加入了『南極幫』物種中各種優秀的基因，以及晶靈身上的『魔鬼的印記』，這個『星際混血兒』，將會成為改變世界的巨人！」

小寶像聽不到這個好消息一樣，這時，他只知道了自己的印記已經變成「九眼人」，從此便會善惡不分。他舉起手上的利刃，指著面前的外星人，憤怒地咆哮：「都是你們這幫外星鬼害的！」說罷便揮刀追斬他們。他一刺一圈，再斜刀削下，立時將一個「小灰人」的頭顱削掉！

晶靈也不甘示弱，她正連番直刺攻擊「紫水晶」！

一眾外星人大吃一驚，在瞬間四散分飛！「懸浮黏土」浮上半空、「帶腳寶石」急腳奔馳、「變色立方」隱身成冰、「小灰人」向後翻滾⋯⋯。

安祖見他們已經被邪惡控制，為免闖出大禍，他左手一記直拳，右手再一記勾拳，迅速攻擊小寶。小寶立時反手使出撩刀，然後回敬一腳前踢。

一切都在不到半秒的瞬間發生⋯⋯。

這時，被斬首的「小灰人」頭顱落在冰上，卻只是一

記悶響，頭顱化為一堆泥土散掉。原來小寶打倒的，竟然是「小灰人」製造出來的泥人！

小寶和晶靈突然想起他們認識的小泥人。

就在這時，他們突然感到拿著的小刀一震，虎口劇痛，手一鬆，小刀立時快速掉在冰面上。小刀掉下去的速度與一般的地心引力不同，而是迅速得像被大力扯下去的一樣！

小寶見安祖望著小刀呆了一下，便乘勢一個弓步拳，再一下連環推掌。安祖站不穩，被小寶猛力推在地上，翻滾了幾圈，在滾地瞬間不忘把手伸進衣襟，欲拿出天使的電光武器擊打小寶。他知道這樣會傷害小寶，但無論於公於私，他也要出手了！

小寶一個翻身，嘗試拿起在地上的小刀，卻發現竟取不起。他運氣再拿，小刀卻像被緊緊貼在冰上，一動也不動。

晶靈在旁，看見安組也出現了邪惡的神情，正敵視小寶，右手伸進了胸襟，怕他拿出武器攻擊小寶，於是一個轉身，然後迅速左手攤開、右手衝拳。安祖正全神貫注望著小寶，沒有想過會被晶靈襲擊，竟然給她打在了臉上！

安祖一臉不敢相信地望著晶靈，傷心道：「妳為了他，打我？」然後，他用憤怒的目光，充滿殺機地望向小寶。

灰長老凝望著安祖的眼神，用顫動的聲音低聲道：「怎麼連『魔鬼的印記』的邪惡氣息也給比下去？這是⋯⋯我記得了⋯⋯難道這是魔鬼的邪惡意念？」

突然，晶靈感到地動天搖，她腳步不穩，失去重心，也同時看見身邊的小寶和安祖也一起倒在冰上。

「南極地震了？」晶靈在混亂中問道，卻看到不遠處一座冰山由下至上變成了深紅色，然後紅色物質穿過了冰頂，噴射上天！

「火山爆發，逃！」灰長老一聲號令，各種外星人立即四散離開，瞬間只剩下三個充滿邪惡意念的地球人，面對冰層的火山爆發。

熔岩迅速溶掉冰山，向四周湧出去！

晶靈眼見前方的熔岩如海浪般湧過來，驚嚇到不能反應，心中只在想：「灰長老批我在這個時辰內死亡，難道如此靈驗？」

在熔岩湧近、熱力快速升高、千鈞一髮之際，忽然一隻大鐵爪子從天而降。這隻鐵爪就像遊戲中心夾娃娃機的爪子，去到他們三個的上方後緩緩打開、慢慢降落，將他們包圍。當爪尖碰到冰面時，便向內收起，把他們夾起來，並迅速勾上半空。不到一秒鐘，他們剛才的位置便被熔岩淹沒！

剛才三人還在拳打腳踢、生死搏鬥，此時卻各自緊緊抱住一隻爪子，牢牢不放。看著地面熔岩的洶湧，腦中一片混亂，無法思考。

突然之間，爪子迅速移動起來！晶靈生怕一鬆手便會掉下熔岩之中，於是牢牢抱住爪子不放。

爪子一路移動，他們都感到寒風刺骨，但又要緊緊抱著爪子，每一秒也在生死搏鬥。也不知過了多久，他們感覺到爪子逐漸停下，抬頭一看，已經遠離了熔岩區，來到了另一片雪地上。

這塊雪地有點特別，因為地面平滑，看似一望無際，

但是有奇怪的東西在雪地上。

從空中望去,那東西呈圓柱體,圓的直徑約30公尺,柱高4、5公尺。頂部圓形平面上,分為黑色和白色兩部分,它們形狀像一個逗號,內邊曲線互相緊貼著。而在黑白兩部分的中心,各自又有一個相反顏色的小圓點:黑色部分內的是白點,白色部分內的是黑點。

那是大家都熟悉的太極符號!

但為何太極符號,竟然出現在南極冰雪上面的一個扁圓柱體上?

經歷過剛才差點被熔岩淹沒的死裡逃生,又突然看見這個奇怪的東西,似乎大家都忘了剛才的生死相搏,一起討論起來。

晶靈思想比較簡單,她直接問道:「那印上太極頂部的怪東西,會不會是外星人的飛碟?」

安祖讚美道:「妳的聯想力真高!」

小寶卻比較謹慎道:「地球上流傳的說法,外星人的飛碟是呈碟形,因此應該不是飛碟。但這東西的形狀和圖案應該不是天然生成,所以不是人類建造的,就是外星人的。」

晶靈想了想,又說:「不過,太極圖是古代的地球東西,又怎麼會印在外星人的東西上?難道是外星人仰慕我們地球的文化嗎?」

小寶卻說:「太極圖在古時早已經出現,最初形狀並不統一。我們現在看到的太極圖,其概念相傳是由宋朝陳摶所創,然後傳授給子弟,及後周敦頤在其著作《太極圖說》中描繪,詳細解釋了太極為宇宙根源、從無極中生出

Chapter 8

黑陰白陽二氣,進而形成萬物的概念。」

安祖突然道:「我突然想起,宇宙也是一樣,由正物質與反物質組成,那不就是一正一反、一陰一陽,繼而衍生萬物的概念嗎?」

小寶道:「或許正因如此,其他外星智慧也能出現太極圖這概念⋯⋯。」

晶靈又天馬行空起來:「又或者,像算命技術一樣,太極圖也是外星人傳給地球人的?」

這時,停止移動了的爪子慢慢降低,直至爪尖碰到雪地,爪子便打開。他們跌到雪地上,然後三人一起爬起來,再把身上的雪拍走。

然後,他們同一時間望向那個怪東西。原來從水平線看過去,它就像一座建築物,在灰白色的外牆上還清楚看見有一道門!

怎麼在這裡竟然會有一座怪建築物呢?

他們慢慢走近那太極圖頂的怪建築物。

安祖道:「這座建築物大小,就像室內運動場,剛好能放下一個標準的籃球場,還可以在兩旁設置觀眾席!」

他們這時已經走到建築物大門前不遠,晶靈感嘆地道:「建築物孤伶伶地在雪地上,就像天地之間只有它存在一樣。不知道裡面有沒有人⋯⋯,有沒有外星人呢?他又是否會感到孤單呢?」

小寶說:「想知道的話,我們就去看看吧!」

安祖點頭同意,然後大踏步走向那間神秘的屋子。晶靈卻有點害怕,輕輕拉著小寶的衣袖。

他們走到門前，在這近距離看建築物，竟然看不出外牆和大門是用什麼材料造成。

　　小寶摸了一下大門，感覺質料平滑，質感像金屬，但在嚴寒天氣下，又沒有金屬的冰冷。他敲了幾下門，然後運氣朗聲道：「我們一行三人，迷途在雪地上，請問有人嗎？」

　　然後，他們禮貌地靜待門前，等待回應。小寶見屋中沒有回應，於是繼續用了幾種語言重複發問。

　　屋中仍然沒有任何回應，小寶說：「不知大門有沒有上鎖。」然後便伸手拉門。

　　輕輕一拉，大門竟然隨即打開，小寶伸頭一探，這時，門後卻有一個比人更高大、白色的物體撲過來！

　　小寶立即一下推掌、向後退去。馬步剛站穩，那白色的物體卻以更快的速度直撲向他！

　　他們第一反應都以為襲擊小寶的是外星人，但當暴露在陽光之下，卻發現那竟然是一隻七呎高的北極熊！

　　怎麼在南極，竟然會出現北極熊了？

　　小寶用閃電的速度躲開，北極熊撲了個空，然後又張牙舞爪，再向小寶撲去！

　　安祖見狀，想取出隨身的電光武器攻擊北極熊，但隨即又想，要是小寶死於襲擊，他便能獨佔晶靈，於是只是微微後退了半步，確保自己的安全。

　　晶靈一時心急，竟然罔顧生命危險，從背後抱住北極熊！

　　就這樣一抱，北極熊的利爪便驟停在小寶面前的一公

分處,然後收回爪子,抖抖身體。這隻北極熊體重400公斤,力度極大,一抖身子,已經把晶靈重重摔到地上。然後牠靈活地轉身撲出,雙爪齊動,看似要將晶靈撕成碎片!

突然,藍光一閃,安祖的電光槍打中了北極熊。牠的動作突然定格了一樣,身體卻因為慣性繼續向前衝,重重倒向晶靈身上!

由於距離太遠,小寶與安祖都欲救無從。

縱使知道會被壓死,晶靈卻只是眼睜睜地看著北極熊倒過來,嚇得一動也沒動!

砰的一聲,北極熊重重倒下了!

然而,北極熊壓住的,並不是晶靈。在他們中間,突然多了一塊厚厚的鐵板。鐵板凌空懸在晶靈上方,穩穩接住了北極熊重重的身體,救了她一命。

小寶雖然不明白發生了什麼事情,但第一時間把晶靈從鐵板下拉出來,避免突然連熊帶鐵板壓住她。

晶靈見小寶將自己拉了出來,感激望著他。小寶看見她的眼神,不禁痴了,雖然早前表白時才被她拒絕過,但不知何來的勇氣,突然表白說:「晶靈,不如……我們在一起吧!」

晶靈在這幾天經歷了無數次生死,本來一直猶豫的她,竟然沒有拒絕,只是凝望著遠方,也不知在想些什麼。

安祖看得怒火中燒,恨不得發一記藍光立即把小寶打死,但晶靈就在面前,他不能這樣做,只能怒目而視。

鐵板上的北極熊一直沒動,看來已經死了。

CHAPTER 9
極地奇人

前一刻還是活生生的生命，轉眼卻變成了靜靜躺著的身影，無法再站起來。生命如此脆弱，變幻莫測，晶靈的心中一陣惆悵，不禁提醒自己要珍惜當下。她望望小寶，再望望安祖，心中明白兩人的心意，卻不知該如何處理。

這時，一把磁性的聲音從屋內傳出來：「是誰運用了大自然的力量，把我從北極帶來的寵物熊用電光殺死了？」

大門中，一位亞洲男子背負雙手，慢慢地走了出來。

「是龍教授！」晶靈傻傻地叫著。「真高興見到你！真的，很高興！」

龍教授看到晶靈，笑道：「線報中有『幻象之力』，能瞬間創造新的平行宇宙的古怪女子，果然是妳！」

晶靈說：「小寶、安祖，這位是我大學副修地球科學課時，最崇敬的老師──龍教授！」

小寶立即上前拱手：「多謝龍教授相救！」

晶靈見到屋主竟然是熟人，於是輕鬆地問道：「龍教授，聽說你近年轉到了美國的加州大學做研究，為什麼卻在南極出現呢？」

龍教授正經地道：「我正在研究地球冰層下面的火山。」

這時，晶靈才想起剛才遇到的火山爆發和熔岩，於是問道：「南極冰天雪地，怎麼會火山爆發呢？」

龍教授回答道：「不論地面的溫度如何，地殼下面都有地熱活動。在冰島瓦特納水源（Vatnajökull）下，便是著名的格倫達冰川（Grímsvötn），它是在冰下的火山噴發而成，冰層給熔岩融化後形成湖，是一個「冰下火山」。其實，南極冰層下邊也藏著許多火山，而最近的地磁變動導致火山系統的不穩定，尤其是在我們附近一帶的火山，

不妥善控制的話,會連橫大爆發。」

晶靈擔心地說:「那麼你在這裡研究,不是有很大危險嗎?」

龍教授帶著一股傲氣回答:「我來這裡不是研究,而是要阻止。因為一旦這一帶的火山大爆發,便會引發冰崩。冰層溶化,海水的水位升高,將會淹沒大量地球人口的居住地。」

晶靈感激地道:「龍教授,若你能夠拯救蒼生,那就太好了!」

龍教授卻搖頭說:「地球人口太多,救了也是枉然!」

小寶問道:「這是什麼意思?」

龍教授道:「地球的文明發展,經常被不文明的愚蠢民族破壞。我想要拯救的,是文明的地球人,是尊重其他人的地球人。至於其他的,我將利用電磁力量,例如通過改變地球磁場的變動,來調整某些地方的電極,誘發電擊,故意引發山火,徹底摧毀不文明的城市,把該死的人通通殺掉!」

小寶懷疑地道:「你能利用天然的地球磁場,那麼是否能夠改變物質的磁性,例如升起一塊大鐵板,又或者吸走金屬製的小刀?」

龍教授沒有回答,而是以行動來展示他的能力。

他輕輕舉起手,承載著北極熊的大鐵板不再懸空,重重地跌落在冰雪上,把一堆雪粉彈到半空,而熊的屍體也滾到了一旁。

他們三人看得目瞪口呆。

這時，他們才看到鐵板上面印有一些東西，細心一看，原來是一個八卦圖案、文字、數字和符號。小寶想：「怎麼這裡會出現『鐵板神算』的大鐵板？難道又是外星人的東西？」

「你們看，磁力控制就是這麼簡單。」龍教授只是淡淡地道。「剛才我收到情報，有人在『南極幫』範圍用利刃打鬥，於是，我用磁力把刀刃吸在地下。然後弄了個小型火山爆發，驅趕那些外星人，再把那幾個打鬥的人用抓娃娃般的鐵鉤，透過磁力驅動送過來。」

龍教授邊說，邊輕輕揚起右手，他們剛才廝殺用的兩把利刃，便從屋內飄出來，落在他們面前。

晶靈看得傻眼了。

龍教授問道：「你們為何到了南極，又為何自己人廝殺起來？」

「我們在『夢境世界』中了『魔鬼的印記』！」晶靈把他們的故事從頭開始，娓娓道來，龍教授卻聽得愁眉深鎖。

當晶靈說到傳送門時，她問道：「龍教授，你知道泥人所說的粒子重建，是什麼意思嗎？」

龍教授回答：「每一個人的身體，也是由無數微觀粒子組成的。當你們通過『量子傳送門』時，這些有量子特性的粒子，便能透過『量子隱形傳送』，以量子糾纏的方式，令目的地得知每粒粒子的狀態。然後，在原來地點的粒子瞬間全部消滅，在目的地同時重建，身體便能瞬間在目的地出現了。」

晶靈大驚，摸著手臂的皮膚道：「我由寶馬山去黃刀

鎮，又由極光村來到南極，兩次也是原本的身體被消滅，然後被重新建造嗎？」

龍教授道：「當然是啊！難道說得不夠清楚嗎？」

晶靈小聲地問：「假若出錯了，我的手臂會長在頭頂嗎？」

龍教授無奈道：「這些對於外星人來說已經是非常成熟的技術，在科學世界裡，零就是零、一就是一，又怎會出錯？」

此時，門後突然有一隻白色的貓頭鷹飛撲出來，停留在龍教授的肩膀上。是那隻在極光村冰湖上一直盯著晶靈的雪鴞！

然後，兩隻異色瞳北極狐也從屋內走了出來，牠們圍繞在晶靈腳下，友善地嗅著，像想再多吃玉米一樣。

龍教授解釋道：「牠們就是我的探子，就算在『北極幫』和『南極幫』地頭四處活動，因為是動物的關係，那班外星鬼也完全察覺不出來！妳看，牠們在兩地的傳送門來回了無數次，身體和靈魂粒子也被重建了無數次，還不是一模一樣？」

晶靈點頭表示明白，又問：「那麼，去火星的『火星傳送門』呢？假若只有靈魂粒子傳送過去，我們的身體會否留在極光村湖泊的冰上，然後被這隻貓頭鷹吃掉？」

雪鴞像聽得懂發問，雙眼又直勾勾地盯著晶靈，嚇得她又用手指遮住眉毛。

龍教授輕輕撫摸了一下雪鴞的頭，然後說：「『火星傳送門』的原理也是一樣，原本的身體和靈魂粒子會被瞬間消滅，然後靈魂粒子在火星黃刀重建，身體的粒子便在

Chapter 9

保存空間重建暫存，直到你們回來地球時，再與靈魂粒子一併消滅重建。」

晶靈小聲地問：「但假若我與小寶一起進入傳送門時，會不會把我們的身體和靈魂掉轉？那時我變了個男人，小寶就變了個女人……？」

龍教授無奈地回答：「那只是九流小說的情節……。」

晶靈吐吐舌頭，又道：「『靈魂傳送門』令人猶豫之處，是因為它出現在水裡面。但根據泥人家族的描述，它的位置原本不在湖中，只是因為『地磁逆轉』，才出現傳送門移位的情況。」

龍教授神情突然變得凝重，慢慢地說：「傳送門是外星人建造的，我原本也未找到它的製成方法。但假若如泥人這樣說，傳送門很可能是一種電磁的能量。最近，我也探測到地球磁場有異動，正好與他們的解釋吻合。種種跡象顯示，我們在未來百多年將經歷『地磁逆轉』。」

晶靈奇道：「那麼會對我們有什麼影響？」

龍教授抬頭，望著天空說：「在『地磁逆轉』的過程中，人類的導航儀器將會失靈，航空運輸將受到嚴重影響。最麻煩的是，地球對輻射的保護被削弱，影響到地球的生物，包括人類。」

晶靈大吃一驚：「那怎麼辦？」

龍教授自信地一笑：「有我在，必能在短期內找到有效的解決方法！而且，我現在還知道了傳送門與磁場的關係，如果我能透過磁場控制傳送門的位置，那麼我便能夠隨時呼喚傳送門到來，隨時『土遁』了！」

小寶突然問道：「中國道術與日本忍術的『土遁』，

是否就是『量子隱形傳送』？」

龍教授盯著小寶道：「你這小子竟然也想到！」

晶靈接著說：「若在土地上的傳送叫『土遁』，湖中的傳送便是『水遁』了……。」

龍教授嘉許地點著頭，然後說：「大前提是先要能控制『量子傳送門』到不同地方出現……，再繼續說說你們的經歷吧。」

於是，晶靈繼續描述他們來到南極的事情。

當提到灰長老說晶靈在這一個時辰內便會死亡時，龍教授雙眉突然一揚。

晶靈高興地說：「剛才我的確三歷死劫，亮刃打鬥、熔岩湧來、被北極熊襲擊……，幸好大難不死！現在距離這個時辰完結只有幾分鐘，灰長老算命不準了，我在這個時辰並不會死亡！」

龍教授卻說：「他算得很準，晶靈妳現在就要死了！」

晶靈大驚，問道：「為什麼？」

龍教授微笑著說：「你們要找『火星傳送門』，不就是要讓靈魂到達地獄，找魔鬼算帳的嗎？」

晶靈回答：「是啊！但是傳送門在北極極光村附近，而我們現在迷失於南極，又怎樣去得了地獄呢？」

聰明的小寶立即會意，他拾起地上的刀，並將其中一把交給晶靈。

小寶說：「多謝龍教授指點，既然我們的印記已經是『九眼人』，亦即是死後靈魂必墮入地獄。若要去找魔鬼晦氣，只需一死便可，又何須千里迢迢再走到北極呢？與

Chapter 9　83

其兜兜轉轉尋找地獄的入口,倒不如以死亡的方式進入地獄,這會更加快捷方便!」

晶靈聽完後,想也不想,直接回應道:「你想的辦法一定是最好的,就照你的意思去做!」

龍教授微笑著。

小寶帶著極邪惡的意念向問晶靈說:「殺人是重罪!」他指著自己的左邊胸口,又說:「刺這裡!妳來殺我!」

晶靈這時也明白了,她也帶著極邪惡的笑容回答:「現在我們一起下地獄吧!」

二人帶著邪惡的眼神,互望著對方。然後,再有默契地同時點了點頭。

小寶和晶靈同時將小刀插入對方的心口,他們都故意犯殺人罪!

就在這時,一場極光超級大爆發,它竟然比天空更亮,令大家在白天也能夠清清楚楚地看見那綠色妖氣在閃耀著!

小寶微笑著倒下,心中盤算如何報復魔鬼。

晶靈也微笑著倒下,心中卻又天馬行空地想:「要是在地獄也能夠大量隱藏『軍火庫』,給我們去大肆破壞就好了!或者,在南北兩極,都有通往地獄的『火星傳送門』,讓外星人們直接通往地獄,便更加有趣了!要是這樣,大家也能一起來湊熱鬧呢!」

雪鴉盯著晶靈,剛好數清了她眉毛的數目。

就這樣,小寶和晶靈都死了。

龍教授仍然笑著,像是只是在看電影一樣,沒有因為

有人死亡而傷心，還興奮地說：「他們真邪惡，果然是給『魔鬼的印記』控制了，連喜歡的人也殺掉！」

安祖因為知道晶靈選擇的不會是自己，一直怒站著。這時，他終於開口道：「龍教授，你為何建議晶靈去死？她死了，你為何仍然在笑？難道你一點也不傷心嗎？」

龍教授卻回答：「在浩瀚的宇宙中，人小如微觀粒子。你會對一粒粒子的消失而傷心嗎？」

安祖聽他把晶靈的性命說得一文不值，怒上加怒，但龍教授又道：「我還是進去繼續控制南極火山活動，順便設計殺戮不文明民族的計劃⋯⋯不！還是先研究如何利用地磁力量去偷偷改變外星人們『量子傳送門』的位置！」說罷，便閃身回到了怪屋子，關上大門。

盛怒的安祖咆哮著，欲拉開門痛打龍教授一頓！然而，大門已被鎖上。他取出電光槍，發射能擊穿鑽石的電光擊打建築物，怎料牆壁毫無破損，電光卻全部反彈！

幸好建築物外牆呈弧形，反射出來的電光只在安祖身邊擦過。他走過去拍打建築物，外牆卻開始變熱，燙得他無法觸碰！

安祖無計可施，只好伸展起天使的雙翼，用力拍著，迅速飛上天空，他要穿越天界，抵達地獄尋找晶靈的靈魂。他不停地想起晶靈，與她一起的每一刻美好時光。

Chapter 9

CHAPTER 10
自尋死劫

美好的時光，不會持久，總有一天會失去。然而，不幸的事件，也不是永恆，總有轉機會出現。世上唯一不會變的，便是那無常的變幻。

小寶和晶靈的靈魂脫離了身體，看到自己懸浮在半空，變得半透明，而且像有很多金粉在透明體中閃爍著，看來這是靈魂的模樣。

晶靈低頭一看，見到小寶和自己的身體靜靜躺在地上，一動也不動。

突然，她感到背後傳來一股強大的拉扯力量，接著以驚人的速度向上升起。她無力抵抗，只能隨著那股力量升向高空，地面上的景物變得越來越細小。

穿越雲層後，她繼續攀升，離開大氣層，地球在她眼中漸漸縮小。從遠處，她看著太陽和地球的位置，終於明白為何在北半球冬天的凌晨，南極上空還是陽光普照，那就是日不落的午夜陽光！

以上一切，也只是在短短幾秒內發生，然後，晶靈感到自己進入了一片黑暗之中。

漆黑中，她繼續以高速移動，幾分鐘後，地球已經變成一點微小的光點。一個紅色的星球逐漸靠近，然後，她以驚人的高速撞上了那顆星球！

突然，一切靜止下來。環顧四周，晶靈發現自己身處於一片火海之中，站在一塊岩石上，熔岩在低處湧動，散發著異常的炙熱。

他們的靈魂順利離開身體，並被吸入地獄！

小寶就站在她的身後，形體已不再半透明。晶靈看了看自己的身體，似乎也回復正常了。不過，她的衣著不再

是雪地大衣，而是輕便的夏裝，非常適合周遭的炎炎火海。

小寶看著她的肩膀，說道：「『九眼人』的符號，仍然印在妳的肩膀上！」

「據安祖所說，這是一種身分的象徵，是魔鬼的『奴隸』！」晶靈哈哈大笑道。「不過，這兩個『奴隸』，是主動來地獄搗亂的！」

小寶又道：「我們的靈魂，看來是以光速被吸到火星，然後直接進入地獄。火星的地底可能充滿了熔岩，地獄可能是埋藏在地底的一個空間！」

晶靈點頭以示明白，然後問道：「那麼，我們現在先搗些什麼亂好？」

小寶回答道：「四處察看，隨機應變！」

他們看到背後有一些通道，於是走了進去。小寶說道：「乍看之下，這些通道只是地下的岩洞，但仔細觀察，每個部分都設計得巧妙無比！就像宇宙一樣，它的精細度絕對不可能是無中生有，肯定是經過精心策劃過的！」

晶靈輕輕摸著岩洞上的石頭，細味著小寶話語中的含義。

他們繼續前進，進入了一個巨大的空間。晶靈說道：「這兒和我夢境中的第九層地獄一樣！」

小寶說：「妳的夢太真實了，那是怎樣的？」

晶靈想了想，便說：「夢中的地獄總共有九層，由這第一層地面入口開始，一直向下建築。整個地獄的建築，是一個漏斗的形狀。每一層都是一個扁的圓柱形建築，頂層面積最大，越往下走，面積越來越小。我們面前的，是

Chapter 10　89

最底第九層的山洞廣場，魔鬼的房間在較高位置一角的山洞，但我忘記位置了。」

小寶說：「妳形容的，簡直就是義大利詩人但丁《神曲》中的地獄，難道他也來過？別想太多，我們快看看吧！」

晶靈又讚嘆：「這裡的鐘乳石真多呢，就像地球的鐘乳石洞一樣！」

小寶和晶靈再向前走，遠處出現了兩個人。他們怒氣匆匆地跑過來，說道：「你們是新來的嗎？這邊是禁地！」

「我們就是新來的！」小寶嬉皮笑臉地回答。

「你們還膽敢不恭恭敬敬，難道不知道這裡的守衛全都是武術高手嗎？」其中一人怒斥道，更揮拳向小寶打去。

那人的速度甚快，晶靈完全看不出他用的是什麼功夫、什麼來頭。卻見小寶輕輕一推，就輕鬆地將那人的力道卸開。那人再揮了幾拳，但都被小寶輕描淡寫地化解。最後，小寶一記直勾拳正中那人臉部。那人按住鼻子，向後退去。

另外一人，以泰拳的姿勢，向晶靈逼近！晶靈看出他是拳術高手，只是擺出一副防禦陣式，右手護在胸前，左手攤開準備隨時迎戰。那人右手一拳揮出，晶靈一下後退，然後尖叫一聲。趁著那人被尖叫聲分心的一瞬間，她突然左手一圈一黏，右手連環出招：抓臉、扯頭髮，然後用膝蓋踢中他的要害，那人臉上出現了幾條指甲抓出來的血痕，倒在地上，痛苦地滾動！

小寶驚訝地說道：「原來妳這麼厲害！」

「這是防狼自衛五連式：尖叫、插眼、抓臉、扯頭髮

和踢要害！」晶靈笑著回答，然後說：「我剛才好像忘記了插眼！」

小寶搖著頭說：「妳這些招數不夠光明正大！」

她瞇起眼笑著對小寶說：「我只學習了詠春幾個月，一看便知不是他的對手，但對付地獄的壞人，又何須光明正大？過來！給我練習五連招！」

小寶連連後退，擺手道：「我的是洪門真功夫，打不過妳！」

這時，那位掩著臉的人用扭曲的嘴巴說：「我們打不過，但我們仍有責任保衛這裡。你們又不是有『印記』的人，不能出現在禁地，不能自行找魔鬼大人的！」

晶靈轉過身來，指著自己肩膀上的「九眼人」，問道：「你是指這個印記嗎？」

那人一看到印記，便如觸電一樣，嚇得向後退了幾步！他向山洞洞頂的方向指去，顫抖地說：「魔鬼大人和九眼菩薩就在裡面，你們直接進去找他們吧！」

「九眼菩薩是誰？」晶靈問道。

那人卻帶著異樣的眼神回答道：「那個有九隻眼睛，正在跟魔鬼大人說法，是個聲稱要化去大人戾氣的怪人！」

突然，小寶蹲下身子，揭開地上一個棺材大小的「軍火庫」暗格，取出一把手槍，向那兩個人的頭部連環發射，然後露出邪惡的笑容！

那兩人倒了下來，小寶又殺人了！

晶靈也露出邪惡的眼神，笑道：「只有死人，才不會洩漏我們出現過的秘密！」

Chapter 10　91

「他們生活在地獄中,不知本身是人還是靈魂?」小寶問道。

「**在地獄死後,他們的靈魂又會到哪裡?**」晶靈接著問道。

他們揀選了一些有用的武器帶在身上,然後將兩具屍體踢進那個「軍火庫」中。

小寶問道:「晶靈,在我們臨死之前,妳是否曾想過這裡要隱藏『軍火庫』呢?」

「是的!」晶靈尷尬地答道。「我是否又做錯了什麼?」

「妳把邪惡之念發揮得極好!」小寶稱讚她說道。

「真的嗎!」晶靈甜甜地笑道。

「妳誤以『幻象之力』在地獄製造的『軍火庫』,對我們破壞地獄非常有幫助!」小寶讚美著道。

說著,他們便決定直搗黃龍,攜帶著武器,向那個「魔鬼大人」和「九眼菩薩」的山洞走去。

山洞位於較高的位置,小寶和晶靈躡手躡腳,輕聲地慢慢靠近。

晶靈問道:「明明這個印記代表『奴隸』,為什麼這兩個人卻這樣怕我們呢?」

小寶回答:「當提到九眼菩薩時,他們的態度有些奇怪。這個印記上的人有九隻眼,很大可能與九眼菩薩有關。看起來這位菩薩在地獄中做了些特別的事,影響了大家對印記的看法!」

「菩薩和魔鬼,這個組合有點不協調啊!」晶靈嘀咕道。

「也許這個所謂的『菩薩』，其實就是『南極幫』所說，那個『北極幫』的外星人！」小寶說道。

「外星人和魔鬼，這個組合也不見得正常啊！」晶靈再次嘀咕道。

「難道妳忘記了，未來佛早已和魔鬼打過交道，種下了善因？看來魔鬼和佛法似乎真的有某種緣分呢！」小寶笑著說道。

晶靈一片迷惘，笑道：「魔鬼與佛法有緣？我又聽了些什麼？」

小寶補充道：「佛法是一種極具智慧的思考方法，能導人向善，令人得以越來越肖似完美的神！」

「這樣一來，莫非佛法也是神容許的？」晶靈思索著。

小寶又說：「無論如何，這些宗教導人向善的宗旨是一致的。」

<u>晶靈猶豫道：「宗教導人向善，但為何大家會以神之名，發起戰爭？」</u>

小寶嘆了口氣道：「那應該是人在自由意志選擇中，走了一條神不喜悅的分支吧……。」

CHAPTER 11
量子泡沫

靠在小寶的身後，晶靈感到十分安全，能跟著他闖蕩世界，就算要長留地獄，她也毫不畏懼。然而，小寶的心思卻捉摸不定，又可能隨時為了追尋某種未知的事物而丟下她消失，這讓她心中始終充滿猶豫。

　　說著說著，他們逐漸接近山洞，也聽到一些隱約的聲音。當到達洞口時，他們聽清楚了，那竟然是一把熟悉的聲音！

　　那聲音說：「魔鬼啊，宇宙並非由神所創造，這個世界根本沒有神！」

　　晶靈聽到那熟悉的聲音，想起在「夢境世界」中遇到的科學家，興奮地道：「原來是霍金先生！」

　　魔鬼回應道：「你已經身處地獄之中，難道還不相信神嗎？如果沒有神，地獄從何而來？宇宙又從何而來呢？」

　　「是魔鬼！」晶靈一邊說著，一邊回想起在「夢境世界」中魔鬼的媚態，忍不住發笑。

　　霍金說：「宇宙只是一次偶然的大爆炸所引發的，科學定律就是宇宙起源的解釋。宇宙自然而然發展至今，就像一部電腦根據精密的『大設計』運作。」

　　山洞中有第三把聲音出現，說道：「在三千個大千世界中，每一樣東西都可以是一條恆河，而每一條恆河中的每一粒沙，都可以是一個世界！」

　　「原來不只霍金和魔鬼在這裡，還有第三個人在！」晶靈心想道。

　　霍金同意道：「菩薩先生，更多的世界確實可以被創造出來，能掌握宇宙定律文明的物種，便能創造出新的時空，無限延伸！」

原來這就是小寶和晶靈一直期待的「魔鬼與霍金的辯論」，現在還多了一位菩薩先生參與，場面真是熱鬧！

「施主真有慧根！」菩薩先生回答說道。「你又知否，每個世界中的每一粒微塵都可以視為一劫，而在每一劫中積聚的微塵，每一粒又可以再視為另一劫？」

魔鬼突然插話說：「兩位，我們現在辯論的不是塵與劫，而是世界是否有一位創造者！」

晶靈聽不明白，小聲地問小寶：「微塵與劫，毫不相干，你知道他們在說什麼嗎？」

小寶也小聲地回答：「在《地藏菩薩本願經》中，有說三千大千世界中『一界之內、一塵一劫，一劫之內，所積塵數，盡充為劫』。『劫』代表一個世界存在直到毀滅的時間，當中的每一粒『塵』又是一『劫』，即世界中又有眾多的世界，眾多的世界中也有更多的世界。」

晶靈聽得迷惘，說道：「世界之中又生世界的，不就是科學家那什麼『吹泡泡宇宙』的概念嗎？」

小寶耐心解釋：「那是『泡沫宇宙』（Bubble Universe）論，是指能量的起伏使一個宇宙產生了很多『量子泡沫』（Quantum Foam），若能量起伏足夠，泡沫便膨脹成『子宇宙』。而這些『子宇宙』中的能量繼續起伏，最終形成更多的『子宇宙』！」

晶靈感到很奇怪，越說越大聲：「怎麼物理學變成了佛法？但天地萬物不是神創造出來的嗎？這真令人迷惑！」

這時候，菩薩也大聲說道：「真理就是真理，令人迷惑的只是人。外面的兩位施主，何不進來聚聚？」

既然被發現了，小寶和晶靈便吐吐舌頭，一起走進了山洞。這個山洞竟然也很大，深紅色的微弱火光掩映著，卻異常地幽暗陰森。正是他們在「夢境世界」連接地獄的電梯中，看到魔鬼的那個地方！

　　魔鬼高興地說：「晶靈，妳終於來了！」

　　晶靈邪惡地說：「你在高興些什麼？是因為你向我們下了『魔鬼的印記』，我們今次來，是和你算帳的！你快把這些詛咒解除，否則我們會大肆破壞，令你統治的地方雞犬不寧！」

　　魔鬼竟然低聲下氣地回答：「向你們下『印記』，實在是迫不得已。因為我在地上的活動被限制，所以只能等待妳死後來地獄找我！」

　　晶靈「哼」了一聲再說：「印記是『奴隸』的意思，我們絕對不會做你的奴隸！」

　　魔鬼無奈地說：「我對妳下了印記後，已告誡這裡的每一個人，未來擁有印記的人不再是奴隸，而是我重要的人，誰也不准觸碰！」

　　晶靈沒再理會魔鬼，轉向霍金說：「又見到霍金先生，真是太好了！」

　　霍金先生已經不再坐在輪椅上，他動作靈活自如，還伸著懶腰說：「你們那次離開後，時空連接就中斷了，我唯有在死後找到地獄來，完成那和魔鬼辯論的心願！」

　　小寶走到菩薩面前，見他戴著一副人皮面具，沒有露出真正的面貌。面具是外星人頭的形狀，上面有九隻眼。

　　小寶指著自己肩膀上的印記，然後問道：「閣下就是九眼菩薩，也就是這個『九眼人』嗎？祢是來自『北極幫』

的嗎？」

「稱呼並不重要，出身也並不重要。你看到我是什麼，我就是什麼。」九眼菩薩柔和地說道。

「說得甚是！」小寶淡然道。「那麼，菩薩先生，祢來地獄有何目的？是來和他們辯論神的存在嗎？」

「<u>眾生度盡、方證菩提；地獄不空、誓不成佛！</u>」<u>九眼菩薩回答道。</u>

「果然是地藏菩薩！」小寶恭敬地說道。

晶靈問道：「什麼是地藏？」

小寶解釋道：「地藏就是地獄的意思！」

「地藏菩薩所去的地獄，不是在陰曹地府嗎？又怎會來到魔鬼的地獄？」晶靈好奇地道。「祢是不是來錯地方了？」

九眼菩薩說道：「我那『地獄不空、誓不成佛』的這個心願，包括了所有的地獄，以及地獄中的眾生和主宰。我來到這個地獄，最主要的目的是要感化魔鬼，化解他的戾氣。」

晶靈望住魔鬼，只見他呆呆出神，也看不出他有多少戾氣。

九眼菩薩看著小寶和晶靈說道：「兩位施主的戾氣看來很深，奉勸兩位還是『放下屠刀』吧！」

小寶勃然大怒，指著魔鬼大聲道：「我們正是為此而來！他在我們身上刻下印記，祢看見我們如今是邪惡的人，就是因為所有的善良都已被掏空！」

九眼菩薩問魔鬼：「你能為他們解除印記，把善良歸

還他們嗎？」

魔鬼卻回答：「印記這個名字取得不恰當！如果是印在他們身上的，或許還能抹去。但我這個印記是刻在他們身上的，像雕刻出來的字，不能抹掉！這個印記，解除不了！」

晶靈也發怒了，向魔鬼說道：「那麼你就改掉那『死後必墮入地獄』的規矩吧！即使把我的靈魂困在這裡，我也不會愛上你！」

魔鬼也憤怒地說道：「我不改變規矩！就算妳不愛我，我也要把妳困在這裡！」

小寶拿出手槍，對準魔鬼，魔鬼伸手發出火光，射向手槍，一瞬之間，也看不出他的武器從何而來。

晶靈、九眼菩薩和霍金呆看著，他們束手無策，不知如何是好。

手槍被魔鬼的火光打中，從小寶手中滑落，魔鬼趁勝追擊，另一束火光直射小寶！

小寶一個閃身避開了攻擊，魔鬼不斷進擊，迫使他走到死角。

晶靈撲向魔鬼，要阻止他的攻擊！

魔鬼再次射出一束火光，卻一個失手，看來會誤中晶靈，電光火石之間，一道藍色的電光擊中了魔鬼的火光，截擊了他的攻擊！

「是誰？」魔鬼怒道。

「安祖！」晶靈高興地叫道。

魔鬼立即以火光射向安祖，安祖迅速躲避在岩石後

方，然後回敬一道電光！小寶趁亂拉著晶靈的手從山洞中跑出去。然後，他們和安祖一起跳進山洞的另一邊。

安祖說道：「這邊有一條通往上層的通道，我們先進去，避開魔鬼的攻擊！」

晶靈感激地望著安祖，高興地道：「為什麼每次危急關頭，都是你出現來解救？」

安祖臉上一紅，說道：「無論我的身分是不是妳的『守護天使』，看來我的命運也是要做妳的『守護天使』！」

「命運真的很神奇！」晶靈笑了笑，然後又問道：「你是怎樣來到這裡的？」

安祖回答道：「當你們互相刺死對方後，我就知道你們的靈魂會來到地獄。於是我立即飛上天界，然後在天界進入地獄之門！」

「魔鬼不是被你封鎖在無底坑洞的嗎？」晶靈又問。「怎麼他又能在這裡自由活動？」

「在自由活動的，是魔鬼的靈魂！」安祖回答道。「而其他靈魂卻在地獄中擁有形體，因為他們需要一個形體來感受痛苦！」

「神也有靈魂的嗎？」晶靈突然問道。

「神是唯一和單一的，祂沒有任何屬性，不會有靈魂的。」小寶認真回答。

安祖指著一道斜坡說：「我們從這裡向上走！」

晶靈說：「我記得在我的夢境中，這是通往第八層的通道！」

CHAPTER 12
邪教教主

他們曾經在夢境世界中擊敗魔鬼，在夢境世界中相愛，如今於現實中，還可能重演嗎？夢境中一切的美好，來到現實還會是一樣嗎？

他們三人走上地獄第八層「欺詐」層，這層的空間比第九層大了起碼一倍，有高山、有流水。

突然，晶靈感覺到腳踝被人抱住！她低頭一看，發現抱著他的人沒有雙腳，肚子的位置被打開，血淋淋的內臟向外湧出。

「這是一個挑撥離間的靈魂！」安祖說著，便用力拉開那靈魂的雙手。

晶靈沒有走開，卻說：「我們救救他吧！」

小寶卻說：「我們自身難保，救靈魂之事，容後再想辦法！」

晶靈還想留下，但見幾十個肢體殘缺、內臟溢出的靈魂正朝向自己爬過來，便說：「真對不起，我們會想辦法救你們的！」

小寶拉著晶靈，再次示意她速速離去。

安祖繼續帶路，在經過一個糞便池的時候，有一陣惡臭傳來，池中浸著一大群靈魂。安祖說：「他們是諂諛的靈魂。」

晶靈掩著鼻子說：「我上次便是從地獄的第三層，在雪地上一腳踏空，直掉在這個池中。」

小寶也掩著鼻子，問道：「那麼妳豈不是全身都是穢物？」

晶靈回答說：「那倒沒有，因為我在那個夢境中是無

形體的。反而救我上來的德蕾莎修女,卻弄得自己有點骯髒,但是她毫不介意,那良善之心,真正彰顯了什麼叫做愛!」

小寶大力點頭道:「德蕾莎修女雖然是天主教徒,但是在她的《一條簡單的道路》(*A Simple Path*)中,卻教曉世人何謂大愛,她認為『我們應該幫助印度教徒成為更好的印度教徒,幫助回教徒成為更好的回教徒,幫助天主教徒成為更好的天主教徒』。」

晶靈左右張望,說道:「德蕾莎修女今天好像不在這裡。」

小寶也四周察看,他看向上方細心觀察,說道:「妳說上次是掉下來的,可是我現在看不到這糞便池的正上方有缺口。」

安祖見他們慢條斯理,便指著一座高山,催促道:「魔鬼隨時都會追上來,我們還是先趕快逃走!」

小寶和晶靈便跟著安祖,一步一步爬上山。這座山傾斜度很高,但這裡的重力沒平常在地球上的大。小寶說:「這裡的重力,好像只有我們平常的三分之一!」

晶靈感覺自己好像有輕功一樣,蹦蹦跳跳地上了山頂。她在山頂的懸崖邊緣向下望,感覺像在美國的大峽谷中。本來就有點畏高,這樣一看,便感到一陣暈眩,要不是小寶一把拉著她,可能又直掉下去!

小寶叮囑她道:「我們現在是有形體的靈魂,如果妳再掉下糞便池,那便不堪設想了!」

晶靈倒抽了一口涼氣,隱約感到又有剛才那一陣異味。

安祖再次催促道：「這裡已經是第七層『施暴』層，我們從這邊走向通往第六層的路口吧！」

這一層的面積更加大，除了有山之外，還有樹木森林。在一棵樹上，有三隻大怪鳥站在樹枝上，牠們有鳥類的身體，卻長著人類般的頭。牠們直盯著晶靈三人，盯得晶靈毛骨悚然。

安祖說：「不用怕！這些妖鳥只會啄食對自身施暴的靈魂，例如是自殺的人。經過這個『妖鳥森林』之後，我們便會到達通往第六層的路口了！」

晶靈仍然感到渾身不自在，她說：「那不是給活的靈魂行天葬之刑嗎？」她感到十分心寒，不自覺地加速了腳步，希望能盡快逃離這座森林。

戰戰兢兢通過森林之後，晶靈看見前方有一個路口。路口前有一個牛頭人身的守衛，以一夫當關的氣勢，攔在路口的前面。

安祖說：「這牛頭人一身肌肉，似乎很好戰。但他擋住了路口，我們怎麼做比較好？」

晶靈立即想起了「牛頭馬面」的傳說，便說：「牛頭是中式陰間的神祇，怎麼西方地獄也有？」

小寶回答：「最有可能是他有兩份工作，陰間的是全職，地獄的是兼職。」

晶靈瞪了小寶一眼，投訴地說：「你可以正經一點嗎？」

小寶走向牛頭守衛，一本正經地說：「陰間那邊上頭急召你，你快過去，別丟了正職！」

牛頭守衛大吃一驚，然後說：「謝謝公子通傳，但沒

人接更的話，我是不能離開這裡的。」

小寶繼續正經地說：「我便是接更人，你快去吧！」

牛頭守衛笑著道謝，然後轉身一溜煙地離去。

小寶向晶靈眨著眼，說：「不戰而屈人之兵，才為至高策略！」

晶靈奇怪地問：「你怎麼知道牛頭守衛在陰間有正職的呢？」

小寶笑著回答：「妳能做夢來到西式地獄，難道我不能夢到過中式陰間嗎？」

晶靈好奇地問：「中式陰間是怎樣的？」

小寶笑道：「不同民族、不同宗教有不同的陰間，其實都只不過是不同的空間，或者可以稱為不同的世界。中式陰間就像民間所流傳描述的，但冥通銀行倒是24小時營業，全年無休。」

晶靈還想發問，安祖卻拉著晶靈說：「我們快上第六層吧！」

第六層的環境與下層的截然不同，這裡充滿熊熊烈火。晶靈說：「『異端』層的靈魂所受的是火刑！」

再上去的第五層是『憤怒』層，這層是河區。他們三人乘著小船，由安祖駕駛著。沿途有許多靈魂在互相打鬥，甚至埋身撕咬。安祖說：「他們都是暴怒的靈魂。」

在經過一個急流的彎位時，晶靈看到有一個身形高大的女人背對著他們，女人的頭上沒有頭髮，卻長著活生生的蛇，一共有九條！

小寶說：「這是希臘神話中的蛇髮女妖『梅杜莎』，

大家別看她的眼睛,否則我們會變成石頭!」

晶靈立即緊閉雙眼,一會兒後,四周毫無動靜,於是晶靈把眼睛張開一道縫。她竟然看到一位修女,在摸著蛇髮女妖的頭,女妖雙眼閉著、低下了頭,而修女看起來正在為梅杜莎祈禱!

晶靈說:「這位修女便是與我在夢中交談過的德蕾莎修女,原來她不只在地獄照顧靈魂,她也在看顧地獄的妖怪。」

安祖繼續駕駛小船,他們逐漸離開了女妖,到達上第四層的路口。

晶靈抱怨說:「我還以為在地獄中逃離魔鬼的追擊會是驚險萬分,怎料魔鬼好像沒追上來,牛頭守衛又返回陰間,蛇髮女妖更在祈禱,弄得地獄不像地獄!」

小寶聽得啼笑皆非:「來!我們上去第四層,看看大家能否給火龍追逐、要不要吞利劍!」

安祖卻認真起來:「第四層是『貪婪』層,沒有火龍利劍,只有貪財的靈魂互相傷害。」

晶靈提議道:「這看來太沒趣,我們還是快點衝上第三層,我想看看為何我在夢境中會踏空,直掉下糞便池。」

當他們到達第三層「暴食」層,晶靈便高興地說:「是這裡了,我認得這個環境和地形!上次我來的時候下著冰雹和飄著雪花,大地鋪滿積雪。這次卻下著豪雨,地上滿是泥濘!」

安祖解釋道:「這裡也因星體自轉軌跡和太陽照射所影響,因此是有四季的。」

小寶想起靈魂飛過來的情形，又想起外星人們說過的火星黃刀，便問道：「地獄真的在火星上嗎？」

「是的！」安祖肯定道。

「那為何我們還能夠呼吸？」晶靈奇怪地道。

安祖笑著回答：「妳忘記了自己在南極死了，雖然也有形體，但已經是個靈魂嗎？而我是天使，呼吸需求是不同的！」

晶靈有點愁：「是的，明明我們是來搗亂地獄的，但剛剛魔鬼一發動攻擊，我們又處於下風，狼狽地逃之夭夭，怎樣辦才好呢？」

小寶指著上方，滿懷信心地說：「我們先上地面，部署好後，再利用妳的『軍火庫』，重新把地獄逐層打得粉碎！」

在豪雨和泥濘中，他們走到了第二層的路口。晶靈找不到上次她掉下去的缺口，唯有作罷。

他們三人一到第二層「縱慾」層，小寶便見到他的老朋友——呀力！

呀力告訴過小寶他會來地獄第二層傳福音，因此小寶在此碰到他，也尚算意料之中，沒有太過驚訝。

小寶上一次見到呀力時，是在他們去拯救在「微縮世界」中被困的靈魂途上，那次道別前，他表示要去探索西貢結界。

見面後的第二天，小寶和晶靈已經和泥人認識，並到了北極、南極和地獄，時間至少推後了四個月，因此不知道呀力探險的結果。

Chapter 12　109

小寶問道：「呀力，你在西貢結界的探險如何了？」

呀力卻眉頭深鎖：「我受困結界，走不出來。這幾個月來，一直在山頭轉來轉去，明明看到有其他人經過，追了過去，又見不到，一直只靠吃野果和喝溪水存活。」

晶靈擔心道：「那怎麼辦？現在是冬天，你在山上一定很冷了。」

呀力說：「那倒沒有，在那裡，只覺得迷迷糊糊、渾渾噩噩，連指南針也不住旋轉，不知方向、不知時間、不知冷暖。」

小寶問道：「呀力，還記得上山的路線嗎？」

呀力回憶著：「那天我在赤徑碼頭下船，然後便走到麥理浩徑第二段的主徑上。我往東走，到了大浪坳後，便改為向南的山路上大蚊山。明明只有一條山路主徑，走著走著，卻不知為何竟然迷路了！」

小寶安慰說：「你別擔心！我們搗亂完這個地獄之後，便會盡快去西貢救你。」

呀力說：「雖然我的身體被困，幸好靈魂還可以自由進出地獄。」

小寶說：「我們現在先反轉這個地獄，知道我們發起攻擊之時，請與我們裡應外合！」

這時，晶靈看到呀力身後有一班女性靈魂。呀力立即會意，解釋道：「這些都是已經信神的靈魂，但她們都願意跟隨我，一起在這裡向更多靈魂傳福音！」

小寶拍了呀力肩膀一下，笑說道：「還以為你組織了邪教呢！」

呀力也笑道：「小寶，你才像邪教教主呢！」

晶靈說：「我們幫小寶成立一個邪教吧！」

安祖卻道：「難得你們在危險的地獄中還能輕鬆嘻笑！」

晶靈眨著眼說：「我有安祖這個『守護天使』，就如小說中的主角一樣，無論遇到什麼困難，走到任何絕境，也能安然渡過！」

小寶提醒晶靈：「但我們現在已經死了，只剩下靈魂在地獄飄浮！」

說笑之間，他們已經到了通往第一層的路口。告別了呀力和他的一班女追隨者後，便進入了審判所。

CHAPTER 13

反轉地獄

笑也過活、哭也要過活，處境或許不會改變，心境卻可以選擇。何不笑著讓時間帶走困苦的今天，換來希望的明天？

審判所位於地獄第一層和第二層的交界，晶靈笑著跳著，看到判官正在審判一個拿著拐杖的老者。

判官見到他們三人，便說：「這是魔鬼大人要的人，快拿下！」然後，四位獄卒從四個不同方向包圍他們。小寶立即打開地上的一個「軍火庫」，但發現裡面是空的，什麼也沒有！

晶靈說：「是我在想的時候，偶然想到要放幾個空的『軍火庫』，好讓大家打開時，有失望的『驚喜』！」

小寶無奈地道：「生死關頭，還來這些驚喜！」

安祖沒理會他們，快速地射出藍光，打倒四位嘍囉獄卒。

可是，當安祖向判官射出藍光時，判官面前像有一塊防彈玻璃一樣，把藍光的攻擊彈開了！安祖再試了幾次，均攻擊失敗。

小寶立即走向那個老者靈魂前，借了他的拐杖，便繞到判台旁邊的階梯，直接以拐杖，以怪異的杖法，瞬間把判官擊倒。

晶靈好奇地問：「這麼厲害，是打狗棒法嗎？」

小寶笑道：「打狗棒法只是小說中才有的！我剛才使的是『神道夢想流杖術』，是夢想權之助擊敗宮本武藏時使用的『流杖術』！」

晶靈驚喜道：「你連日本杖術也會，真是厲害！」

安祖見他們仍然一派輕鬆,不悅地說:「別談笑了,我們還是快上去地獄第一層吧!」

到達第一層「靈薄獄」後,安祖便說:「這層的面積很大,我們別繞大圈,從這個方向以直線行走,經過中央大堂,便可以直達地獄的大門!」

他們繼續前進,很快來到了地獄的中央大堂。

突然,晶靈看到了一個奇景:大堂中有兩個「火星傳送門」,這兩個兩公尺直徑的球體,分別在大堂的一左一右。

兩個「火星傳送門」中,分別有兩批人源源不斷地湧出,一邊是「北極幫」,一邊是「南極幫」。

「北極幫」那邊,乍看之下全是人類,店員和酒保都混在其中。店員笑著與小寶和晶靈說:「我們複製了大量身體,被你打壞了,就換上另一個!」;而「南極幫」那邊,以灰長老為首,帶領著一眾不知名的生物,與小寶和晶靈打招呼。

小寶望住晶靈,問道:「在死亡那刻,妳到底用『幻象之力』想了些什麼?妳能否一次告訴我嗎?我怕心臟病發,承受不了妳每次帶來的驚喜!」

晶靈伸出舌頭笑著說:「我死前對著極光,除了想地獄中要有大量隱藏的『軍火庫』之外,還想過要有『火星傳送門』給南北兩極的外星人們直接到地獄一起搞亂!」

「好極了!」小寶讚賞晶靈,又帶著狡獪的笑容道:「現在開始,叫我『教主』!我是這班外星人的邪教領袖,要控制他們的意想!」

晶靈感到很有趣,笑著配合道:「教主,你有什麼好

計劃？」

小寶陰沉地道：「以神之名……發起戰爭！」

小寶仔細觀察了大堂的環境，然後跳上中央的一塊大石上。這塊大石恍如一個舞台，站在上邊，其他人不得不仰望。

「來自南北極，來自宇宙各個星球的朋友們！」小寶站在台上說著。

這個大堂顯然經過特別的設計，回音的反射，使得站在台上的人說話時，台下每個人都能夠清楚聽見！

「教主，請你繼續說！」晶靈記住了小寶要她說的稱呼。

「我知道你們每一位都是為了尋找神而來太陽系的！」小寶頓了一頓，接著說道：「讓我們今天一起為神做一點事，對抗魔鬼，消滅地獄！」

外星人們互望著，他們似乎並沒有什麼主意。

「正如地球上所說的『蛇無頭不行』！就讓小弟盡一下大陽系地主之誼，充當大家的領導者。」小寶謙虛地說道。「大家想為神做一點事嗎？」

外星人們互望著，他們都在暗暗點頭。

「你們願意為神而戰，對抗魔鬼嗎？」小寶繼續用他的三寸不爛之舌，說服各類外星人。

外星人們又互望著，然後都點頭表示同意。

「為神而戰，消滅地獄！」小寶高舉手臂呼喊口號，同時也示意他們一起叫喊。

「為神而戰,消滅地獄!」外星人們的叫喊聲震徹大堂。

「教主,我們怎樣才可以消滅地獄呢?」晶靈問道。

小寶說道:「在地獄的各個區域中,都有許多隱藏的暗格,每一個暗格都是一個『軍火庫』!」

他示意晶靈打開了地面和山洞壁上的暗格,給大家看。

「等我發施號令後,大家可以從前面的通道衝進去,遇到其他靈魂,能救的便救!」小寶說道。「走到第九層的盡頭後,取出暗格『軍火庫』中的火藥,燃點它們。然後,逐步退後,上高一層,逐層點燃火藥,我們的目標是把整個地獄炸毀,為神而戰!」

外星人們都聽得熱血沸騰!

「為神而戰,消滅地獄!」晶靈振奮地呼喊。

「為神而戰,消滅地獄!」外星人們更加振奮地叫道。

然後,小寶一聲令下,所有外星人從各個通道進入地獄的深處!

不久之後,他們聽到了從地獄深處傳來的爆炸聲!

爆炸聲越來越頻繁,通道中瀰漫著煙火的氣味,其中一條通道,有三個熟悉的身影走了出來!

是魔鬼、九眼菩薩和霍金!

魔鬼怒道:「小寶,果然是你在搗亂!」

此時,外星人們已經成功摧毀了地獄內部和所有通道,熔岩從通道中湧出,他們一同逃離大堂,然後小寶順

手把大堂也炸掉!

<u>地獄給小寶所領導的外星人摧毀了!</u>

他們退到了大門口。

「地獄已經被打爆了,現在連地獄都不存在,看看印記怎麼再令我們的靈魂死後墮入地獄!」小寶狂笑著。

晶靈也跟著狂笑。

連九眼菩薩也看得搖搖頭,祂感到小寶和晶靈的邪氣,比魔鬼更甚!

站在後方的安祖,在晶靈輔助小寶領導外星群雄時,已經感到不忿,明明是自己去地獄底層救晶靈時誤救小寶,如今,卻是小寶在眾人面前風頭無兩!

看著小寶和晶靈一唱一和,安祖心中滿不是味兒,心道:「我一定要找到機會除掉小寶,只有這樣,晶靈才能與我在一起!」

這時,魔鬼正怒視著小寶,欲再次以火光攻擊他。同時,九眼菩薩按住了魔鬼的手,卻望向安祖,唸道:「假使經百劫,所作業不亡,因緣會遇時,果報還自受。」

突然,魔鬼掙扎起來,他怒吼著,手一揚,一道紅火光向小寶射來!

安祖立即也揚起右手,射出電光扮作阻止,「哎喲」一聲,安祖失手了!這次連他也阻擋不住魔鬼。

周圍外星人對地球人的生死,本是看得很淡,他們也沒有拯救「教主」的意思。

唯有晶靈最著急,她不顧一切,一個反身,擋在小寶的面前!

火光穿過了晶靈的身體，然後再穿過了小寶的身體！

<u>晶靈感到一陣痛楚，好像想到：「若是靈魂在地獄中死亡，會有什麼樣的結果呢？」</u>

她感到自己粉碎了，散了開來，從高空的不同角度看地獄大門外的人們活動。

「晶靈！」魔鬼看見晶靈的靈魂被自己「殺死」，他傷心得抱頭慘叫！

「假使經百劫，所作業不亡，因緣會遇時，果報還自受……假使經百劫，所作業不亡，因緣會遇時，果報還自受……。」九眼菩薩不斷地重複念誦著。

除此以外，晶靈還同時能看他們在不同時間點的活動，她也反覆觀看了幾次自己靈魂死亡的過程。

「我們進入了一個高維度的空間！」小寶說道。

晶靈看不見小寶，她只看到眼前有一些金粉在空中瀰散著。

「我們現在怎麼辦？」晶靈問道。

小寶回答道：「既然難得來到這個維度，不如我們一起去見證火星的誕生吧！」

晶靈看到一團圓盤狀的雲，圍著太陽系中心在旋轉。

小寶解釋道：「這些都是太陽形成過程中剩下的氣體和塵埃。它們會相互碰撞和合併，最後經過幾億年的時間，慢慢聚集成為火星的雛形！」

晶靈再看另一個時間點，她看到一個個如拳頭至足球大小的石塊相互碰撞。雖然有些石塊撞得碎裂了，但另一些則合併起來，逐漸形成更大的石塊。

小寶解釋：「通過無數次的合併，火星逐漸獲得足夠的質量，使重力可以將自己形成接近球體的形狀。逐漸地，火星會把軌道上的其他物體逐步清除，最後成為軌道上最大的引力物體。」

　　晶靈問道：「為什麼這麼多碰撞，我們卻只能看到影像，但聽不到任何聲音呢？」

　　小寶回答：「聲音是一種波，需要透過分子來傳播。然而，在太空中是真空的，所以沒有分子可用來傳遞聲波，因此我們無法聽到任何聲音。」

　　晶靈又問道：「但當我看電影，在太空中有爆炸的場面時，明明都會聽到聲音的。」

　　小寶笑著回答：「妳也說是電影了吧！假若太過寫實，沒有了爆炸的音效，觀眾們很快就會睡著了吧！」

　　晶靈奇道：「但為何我們現在又能交談，能聽到對方說話？」

　　小寶頓了一頓，回答道：「也許，靈魂不是以聲波交流？」

　　晶靈沒有再問，又看另一個時間點，她見到火星已經發展得很有規模，成為了一個大球體！突然，一群石塊從遠處高速飛來，急速撞擊到火星表面。這些小石塊嵌入了火星，同時又將無數碎石和塵埃彈上天空，場面甚為壯觀！

　　「這是隕石撞擊！」小寶說道。「隕石有可能為火星帶來新的物質，例如火星原本沒有的礦物或水，更甚的，它們可能直接帶來有機物質，令生命能在火星上繁衍！」

　　晶靈把時間再向後推移，她看見太陽變得很巨大、很近，而光線的顏色變得更紅。

「這個時間點應該是太陽進入『紅巨星』的階段！」小寶解釋道。「我們最好回到之前的時間點，因為我也不敢肯定，當太陽繼續膨脹覆蓋火星時，我們是否會同時被毀滅！」

「我們能夠看見未來，是不是未來真的早已注定了？我們一生汲汲營營，是否只是在走一段已經預定的路？」晶靈感觸地說道。

然後，晶靈回到現在的時間，她看到安祖飛來，手中拿著一個盒子。他在空中收集金粉，然後將金粉放入盒子中。

安祖說道：「晶靈，我知道妳在這裡。妳的靈魂被擊碎了，『靈魂粒子』都瀰散著，現在我把每一點碎片都收集起來。」

他一邊收集金粉，一邊繼續說道：「『北極幫』外星人擁有『碎片靈魂修復技術』，他們會利用妳在南極冰層冷藏著的屍體中提取基因，並為妳重新製造身體。請放心，複製身體正是他們的專長之一！可惜，我分不出哪碎片是妳的、哪碎片是他的……。」

晶靈感到自己的一部分已經被放入盒子中，她同時看到光明和黑暗，也同時看到過去、現在和未來。

漸漸地，她的眼前一片漆黑，以前和未來的影像繼續在飄浮，逐漸失去了意識。

CHAPTER 14
量子意識

意識飄浮在夢境中，過住的片段紛至沓來。是夢境還是現實，現實還是夢境……，她好害怕，萬一醒來，她又回到夢境世界之前，充滿孤獨與絕望的現實之中，那該多可怕？漸漸地，一首熟悉的鋼琴旋律在她的腦海中響起，那是日劇《長假》（ロングバケーション）中的插曲〈靠近妳〉（Close to you），讓她彷彿回到了更早的年代，最美好的時光。

　　晶靈是突然醒來的，她發現自己在一個類似手術室的環境中，周圍有許多醫護人員在看著自己。

　　「妳醒來了！『碎片靈魂修復』成功了！」一位外星醫生興奮地說道。「妳再休息片刻，大約五分鐘左右，身體的所有功能就會完全恢復。」

　　遠處傳來一陣歡呼聲：「這邊也成功了！他也醒過來了！」

　　晶靈回想著發生的一切，她記得自己和小寶的靈魂在火星上空瀰散著。目睹了火星的誕生之後，他們的靈魂碎片被安祖收集起來。

　　「我想起來了！這裡應該是『北極幫』外星人的總部，他們將我們的靈魂碎片修復好，然後給我們一個新的身體。」晶靈心中想道。

　　這時，外星醫生說道：「你們兩位可以起身了，伸展一下手腳，看看感覺如何？」

　　晶靈嘗試坐了起來，一切感覺都正常。她望向另一張手術床上的人，竟覺自己像在照鏡子一樣：晶靈看見了自己！

　　晶靈看見那個自己露出驚訝的表情，然後摸摸自己。

那個自己向外星醫生說道：「你們是不是搞錯了身體？我是小寶，是男的，而你們給了我一個女性的身體！」

晶靈也觸摸著身體，她發現自己肌肉結實，像是一個勤於健身的男性！她嚇了一跳，原來她的身體是一個男性！

晶靈說道：「我是女性，你們卻給我一個男性的身體！」

外星醫生看了看資料，然後說道：「啊！我將你們的身體倒轉了，你們人類的基因比我們的都複雜太多，真的不好意思！」

小寶心想：「他果然是外星人！」

外星醫生繼續說道：「宇宙中，無論是生物還是死物，凡是越複雜的，就越美麗越完美！」

原來，小寶的靈魂被放到晶靈的身體裡，而晶靈的靈魂則被放到小寶的身體裡！

只花了三秒的操作，外星醫生立即將他們的身體交換回來。他們各自檢查自己的身體，確認一切正常後，謝過了外星醫生團隊。

令他們驚喜的是，他們肩膀上「魔鬼的印記」竟然消失了！

外星醫生解釋道：「這兩個身體是從你們原本身體的基因培育而來的，印記是後加上去的，因此，從基因複製出來的身體並不會有那個印記！」

「既然如此容易解除印記，為什麼你們不早說呢？」小寶問道。

外星醫生解釋：「我們就是懷疑兩位身上有『魔鬼的

Chapter 14

印記』,所以曾經想幫助你們。」

小寶說道:「我只記得你們的店員和酒保鬼頭鬼腦地跟著我們!」

「那是因為你們之間有人使用了『幻象之力』,所以我們無法肯定你們是敵還是友!」外星醫生繼續說。「不過,當店員和酒保到極光村找你們,在還未確認身上有印記之前,你已經射殺他們了!」

晶靈打了小寶一下,說道:「要不是你,我們便不需要繞一大圈子,才能解除『魔鬼的印記』!」

小寶得意地回答:「不是我,我們便不能去到南極認識一班外星新朋友,也不能把地獄炸成廢墟!」

外星醫生說:「地獄給炸成廢墟這件事,我們可能闖了大禍!」

「闖了大禍?」晶靈問道。

外星醫生說:「當天界的天使們知道地獄被毀滅之後,他們亂成了一團。」

晶靈感到奇怪,問道:「魔鬼不是他們的敵人嗎?地獄毀滅了,他們不應該很高興嗎?」

「因為天使是不會死的,所以即使是違背了神的墮落天使,也不會死亡。」外星醫生解釋道。

晶靈打斷道:「安祖是天使,他就不會死亡。他說過,只要他的肉體出現問題,另一個他就會帶著記憶回到這個世界!」

「這就是天使不死的方法!」外星醫生說道。「天使是一種人工組合的身體,就像你們人類做的像真機械人一

樣。他們的記憶能以數據的方式備份在一種終端系統上。因此,他們死亡後,身體會重新複製,並抽取終端系統的記憶,再一次輸入身體,然後回到世上。」

「你說墮落天使不死,這和我們炸地獄闖大禍又有什麼關係呢?」晶靈問道。

「地獄原本是以魔鬼為首,墮落天使們聚居的地方,也是惡人死後受苦的地方!」外星醫生解釋道。

「地獄被毀滅後,沒有了聚居地,他們會怎樣呢?」晶靈好奇地問道。

外星醫生回答:「如今地獄已經被摧毀,惡人的靈魂在死後將瀰散到宇宙中。他們沒有形體作惡,對宇宙影響微乎其微。」他稍作停頓,又說道:「可是,墮落天使們卻像從監獄裡放出來的一群逃犯一樣,對整個宇宙帶來了前所未有的威脅!」

小寶驚呼道:「啊!我怎麼想不到這一點?」

外星醫生說:「這又怪不得你們,因為當時你們完全被『魔鬼的印記』所控制,那些邪惡的念頭,並不是你們自身能夠控制的。」

「我們毀滅地獄,是因為『魔鬼的印記』所種下的惡念,而印記就是魔鬼種在我們身上的。」晶靈說道。「那麼,豈不是意味著魔鬼種下的惡根,毀滅了自己的家園?」

「完全正確!」外星醫生說道。「就像未來佛在地獄廢墟前一直唸的『假使經百劫,所作業不亡,因緣會遇時,果報還自受』,魔鬼承受了自己的果報。他不但失去了家園,還親手『殺死』了他所愛之人的靈魂!」

「魔鬼不知道瀰散靈魂可以用『碎片靈魂修復技術』

來修復嗎？」晶靈好奇地問道。

外星醫生笑著說道：「這項技術，是宇宙之間一種外星種族在很遠的未來研究出來的！而這種未來的科技，只有極少數現代的外星人能掌握，所以你們兩位的靈魂都能夠被修復，簡直是一個奇蹟！」

「原來是這麼困難的事，你們真的很了不起！」晶靈讚嘆道。

外星醫生說：「安祖才最了不起！為了收集你們在火星上空和被彈射到宇宙空間的瀰散靈魂碎片，他足足花了幾個月的時間，要是欠缺任何一小點碎片，你們便不能重生，他的耐性才真正厲害呢！」

小寶問道：「為何靈魂是瀰散的碎片？靈魂究竟是什麼？」

外星醫生回答：「靈魂是生物大腦神經元之間的信號，是腦細胞中微管中的量子過程。」

晶靈咕嚕道：「靈魂也和量子有關？你們外星人的研究真厲害！」

外星醫生笑說：「地球人也有這個見解啊！你們的『量子意識』理論家已經通過實驗證明，人在死前會有短暫的高頻爆發性活動，這便是靈魂離開身體出現的現象。而靈魂是不能被摧毀的量子訊息，離開了人體後，便會分散在宇宙之中。」

晶靈想起之前的經歷，又問道：「小寶曾經以靈魂出竅方式進入微縮世界，難道靈魂也是量子粒子？」

外星醫生立即回應：「是啊！我們稱人類的靈魂為『瀰散靈魂』粒子，它們細小得難以探測！若那些量子訊息有

宗教信仰，便會給吸入如天堂或地獄等空間，否則便分散在宇宙之中。」

小寶問道：「在我成為瀰散靈魂時，看到一些金粉，那些就是靈魂粒子了嗎？」

外星醫生笑說：「對啊！你們的意識分散在瀰散的靈魂粒子中。那時地獄已經被毀掉，你們無目的之地，靈魂便瀰散在宇宙中。由於你們每一個意識，也是在微小的粒子中看這個世界，因此能看見與自己大小差不多的其他靈魂粒子。亦透過靈魂粒子，看到自己的形體，還能看到九眼菩薩和魔鬼。」

談到九眼菩薩，小寶便問道：「你說過在地獄廢墟前一直念經的是未來佛，難道九眼菩薩就是那個把善因種在魔鬼身上的未來佛嗎？」

「正確！」外星醫生笑著回答。「他在過去已成佛道，但久久也未肯成佛，是因為堅持要到萬千世界的地獄中感化眾生。於是，我們都尊稱他為未來佛。」

「他也是外星人嗎？」小寶問道。

「是的。」外星醫生回答道。「他來自『佛星』，『佛星人』是全宇宙至善的種族，他們擁有九隻眼的臉。很久以前，他們來到地球並加入了『北極幫』，化身成人類的形象，以『佛法』引導人類向善。他們有時會戴上『九眼面具』，以表明自己的來歷！」

「我們的靈魂死亡後，魔鬼和未來佛怎麼樣了？」小寶問道。

「魔鬼被未來佛邀請到『佛星』，繼續學佛道。」外星醫生說道。

Chapter 14　129

「魔鬼學佛道？」晶靈感到萬分不協調。

外星醫生說：「其實，有考證指出，在耶穌於記載中消失的十多年中，他曾經去過印度瞭解佛教。但無論如何，這些宗教導人向善的方向是一致的。」

「但餘下的墮落天使怎樣了？」小寶繼續問道。

「他們群龍無首，各自散落在宇宙不同的角落作惡。」外星醫生說道。「要徹底解決這個問題，我們想造一個新的世界，在裡面重建一個新的地獄，給他們作為新居所！」

晶靈好奇地問道：「你們懂得怎樣創造新的世界嗎？」

「不，我們不知道！」外星醫生回答說。「但那位在地獄逃出來，名叫霍金的靈魂告訴我們，那些能夠掌握宇宙定律的文明，便有能力創造出新的空間。」

他繼續說道：「我們正在努力尋找方法，運用宇宙定律重新創造地獄這個空間，以彌補我們的過失！」

「那還在等什麼？」小寶問道。「現在我們都解除了印記，地獄的存在對我們來說已經不再是問題了！」

「可惜的是，即使我們所有外星人的力量聚集在一起，也沒有能力創造出新的世界！」外星醫生解釋道。

「那怎麼辦？」晶靈問道。

外星醫生回答說：「幸運的是，『南極幫』正在培育一個宇宙中最有智慧的『星際混血兒』！他不但有能力使人類算命的公式百分之百準確，更加有能力去創造新的世界、新的宇宙！」

晶靈高興地問道：「是不是小寶的複製人？」

外星醫生點了點頭。

CHAPTER 15

星際混血兒

夢境的他、真實的他、過去的他、現在的他，每一個都在她心中留下深刻的印記，令她已經分不出最掛念的是誰……，若還有複製的他，她又該如何面對？

　　「這『星際混血兒』身上有幾千種星際種族的基因，不知道他成長後，會否出現其他外星種族的外貌特徵呢？」小寶有點擔心自己的複製人變成了科學怪人。

　　「世間萬物的進化，都是以追求完美為目的。由於人類的形體比其他星際種族完美百倍，因此，你的複製人將會完完全全以地球人類的形態出現！」外星醫生解釋道。

　　晶靈猶豫地說：「但是，作為人類，他需要至少20年的學習才能初步成長，更不用說要花多少年才能夠學會並懂得創造新宇宙！」

　　外星醫生笑著回答道：「這只是地球目前人類的學習方式而已，他將會以宇宙普遍的學習方式成長！」

　　晶靈立即問道：「那是怎樣的？」

　　外星醫生回答道：「我們的學習方式，是直接把知識輸入腦內，並不會花太多時間！」

　　晶靈又問道：「那麼，你們每一個人都可以透過輸入知識，學懂全世界的一切嗎？」

　　外星醫生回答道：「並非如此，由於我們的腦袋結構有限制，沒有足夠的能力直接接收所有的知識，因此，我們只能局部輸入部分的知識。」

　　小寶說道：「那麼，複製人的情況又怎樣？」

　　外星醫生自信地說道：「我們將與『南極幫』破天荒合作，將所有知識直接輸入他的大腦。我們預計他的腦部

能一次接收全部的知識，之後的創造，就靠他本身的智慧自由發揮！」

晶靈高興地問道：「那他的預產期是什麼時候？我的意思是，什麼時候複製完成？」

「就是今天！」外星醫生回答。「如無意外，這個複製人應該已經複製成功，並被送到智慧培育中心了。」

「我們可以去看看嗎？」晶靈期待地問道。

「當然可以，那是小寶的複製人！」外星醫生答應道。「我們現在就去，請跟我來！」

於是，晶靈和小寶跟隨外星醫生離開了手術室，走進走廊。

不久之後，外星醫生帶領他們來到一個停機坪。

晶靈問道：「難道我們要乘坐飛機前往培育中心嗎？」

外星醫生笑著回答：「飛機太慢了！我們坐飛碟吧！」

「飛碟？」晶靈又問道。「那不是上個世紀外星人的產物嗎？現在很少有『不明飛行物體』的報告是飛碟形狀的了！」

外星醫生解釋道：「報告減少了，是因為我們使用了更新的隱形技術。一旦啟動隱形模式，人類不但看不到，更不能以任何探測儀器偵測到我們！」

「這也太厲害了吧！」晶靈由衷地讚嘆道。

就在說話間，一架巨大的飛碟浮現在他們面前。

飛碟碟身呈灰白色，質感介於金屬與非金屬之間。它就像兩隻相同的巨大碟子，一隻完全覆蓋在另一隻上，形

成一個上下對稱的結構。整個飛碟約 10 層樓高，中央部分的直徑約為 100 公尺，而最頂和最底都是扁平的圓柱體，直徑約 30 公尺，柱高在 4 到 5 公尺之間。

　　小寶和晶靈不知為何，竟然感覺飛碟有點似曾相識！

　　外星醫生說：「這一架飛碟的入口在上層，我們飛上去吧！」

　　話未說畢，小寶和晶靈便感到自己升了起來！也不知是什麼的力量，他們三人便自動地飄到了飛碟的上層，到達了上層扁圓柱體的外面。

　　然後，突然有一道門出現在圓柱體的牆上，有人從裡面打開門：是龍教授！

　　這個時候，他們都知道為什麼飛碟給他們這麼熟悉的感覺了，原來這就是在南極龍教授的建築物！

　　小寶心想：「在南極的時候，飛碟的碟身埋在雪地中，因此當我們看到飛碟頂部扁平圓柱體時，還只以為它是一棟建築物！」

　　當晶靈正想和龍教授打招呼時，龍教授卻向他們眨著眼，示意別相認！

　　小寶會意後，拉拉晶靈的手，阻止了她的相認，然後向外星醫生說：「培育中心在什麼地方？我們要去哪裡？」

　　「讓我看看！」外星醫生望著地圖回答道：「它位於亞洲的一個城市中，坐標是北緯 22.5 度、東經 114 度！」

　　龍教授帶領他們進入飛碟。飛碟內部是一個很大的空間，周圍放滿了奇怪的儀器，但在飛碟的正中間，竟然有一截樹身！

晶靈忍不住跑過去看。

神奇的是，飛碟大堂的正中是一堆泥土，泥土上長了一條樹幹，樹幹直徑約兩公尺，高度約一公尺，上面樹幹和樹葉的部分像被人斬掉了，只剩下短短的樹身，樹幹平面更被拋光打磨，成為了一張木造的圓桌。木桌的平面下是樹幹，泥土上凹凸不平，一些樹根凸了出來。木桌隱約又散發著檀香的香氣，晶靈道：「這被斬掉了卻充滿生命力的檀香樹木桌，好像在哪裡見過？」

這時，龍教授出現了一剎驚訝的神情，他望住那一截樹幹，若有所思，然後催促晶靈，說飛碟快要起飛，於是她跟隨外星醫生進入一間房子，原來是乘客機艙。艙內非常舒適，就像飛機頭等艙的座位一樣。

他們綁好安全帶，由龍教授駕駛。飛碟一飛沖天，他們透過玻璃窗，看到雲朵快速向後退，顯然飛碟的速度非常快！

只用了30分鐘左右，他們便降落了。

看見地形，小寶便認得他們到了非常陡峭、被稱為「香港三尖」之一的蚺蛇尖。

小寶向晶靈說道：「這以南一帶就是著名的『西貢結界』了，過往有不少登山人士在這裡迷路，甚至有些人失蹤了！」

「為了要隱藏和保護自己，我們的確在這裡建立了『樹妖結界』。」外星醫生說道。

小寶想起在地獄碰見的呀力，便說：「我們有一位朋友被困在結界中，你們能否把他放出來？」

外星醫生回答道：「我們沒有困住他，一般來說，迷

途之人主要是受到樹木瘴氣影響導致神志不清，也有的是受到火山岩中的特異磁場所影響，或樹妖走動迷惑，而辨別不到方向。」

小寶又問：「那麼我們怎能把他救出？」

外星醫生說：「這裡有解除瘴氣毒的香，也有一個『絕對方向指南針』，你們可使用這些物品去搜尋朋友，便不會迷失了！」

小寶回應：「好的！見完『複製小寶』後，我們便去找。」

他們四人進入了一座建築物，那是「北極幫」分部，內有一個培育中心。

培育員對外星醫生說：「他已經被培育成人類 20 歲的年齡，是時候可以出來了。」

「看看能否將我們宇宙的全部知識，也輸入到他的腦中！」外星醫生說道。

培育員操作著一套奇特的儀器，然後回答說：「他能夠做到！」

外星醫生讚嘆道：「他的腦袋竟然能一次性裝下所有知識！這個『星際混血兒』實在令人驚訝，他的潛力究竟有多高？他能夠發揮到什麼程度呢？」

說完，外星醫生便打開了培育箱，一位俊美的年輕人走了出來。

見那青年高高瘦瘦，與小寶的外貌極度相似。他容貌俊俏、眼神明亮、鼻子尖挺，那頭的形狀與小寶相同，都是呈「倒三角形」。

「他與小寶大學時的樣子一模一樣！」晶靈驚嘆道。

「當然吧！他是我的複製人，設定在 20 歲的時候！」小寶看著 20 歲的自己，不知為何有種古怪的感覺。

「其實小寶的『倒三角形』頭形和『小灰人』的相似，人又異常地聰明，是地球上最特別的人，難道他擁有外星血統嗎？」晶靈心道。

那位青年人好奇地看著小寶，然後親切地叫道：「我……你好！」

小寶立即回應道：「歡迎來到這個世界！」

晶靈看著他們，感到兩個年代的小寶同時出現，被複製生命的奇蹟所感動！

這時，青年人迷迷地呆望晶靈，眼神就像小寶剛開始認識她時一模一樣！

晶靈避開他的眼神，然後問小寶：「替他改個什麼名字好呢？」

小寶說道：「既然他是全宇宙力量所培育出來的兒子，那我們就叫他 SON 吧！」

「好名字！」晶靈開心地笑道。「至於中文名字，我們就直接按英文發音翻譯，叫他『小神』吧！」

小神好奇地望著他們對話，當他聽到自己的名字後，燦爛地笑著。

小寶卻突然低頭沉思起來，想起曾經在未來遇見的諾貝爾獎青年，以及改造微縮世界儀器的人，甚至教曉蘋果教主賈伯斯（Steve Jobs）時空旅行的人，也許都是自己的複製人小神。

Chapter 15

外星醫生說：「小神，現在我們會安排你去研究室，與我們和『南極幫』的智者，共同研究如何創造新的宇宙。」

「好的。」小神帶著智慧的眼神回答道。

外星醫生又道：「在研究的過程中，我們也希望你同時探索『時間標記』在設定生物命運時作『亂數』的完整公式。到時候，在新的世界中，你也可以應用這條公式，為裡面的生命設定命運！」

「知道。」小神微笑著回答道。

於是，小神與他們道別，卻回頭依依地望了晶靈好幾次，便跟隨外星醫生前往研究室。

小寶惆悵地道：「小神這麼快便離開他的基因父親了！但就正如我一向所認為，父母都只是暫代照顧者的角色，當小孩長大了，就會有他自己的生活！」

「你幾時照顧過他了？況且他的身分是星際的兒子，又不是你的親生兒子，只是你的複製人。」晶靈笑著，她又道：「好了，我們現在做什麼好？」

小寶想了想，便說：「這裡距離『西貢結界』，即『樹妖結界』不遠，我們救呀力去！」

CHAPTER 16

樹妖結界

聽聞有人要挑戰結界，山林的氣氛凝重起來，附近的高大古樹與矮小灌木紛紛釋放出各自獨特的氣味互傳訊息。這些古老的守護者緩緩排出水氣，使山上霧氣漸漸加厚，樹木的氣味混集，是要迷惑無知的人類亂入禁制的領域。

<u>**樹木早在 3.5 億年前已經在地球上出現，它們的進化早已比動物更高層次，只是人類並未夠智慧窺見。**</u>

他們離開了培育中心後，小寶便辨別方向和細看地圖。他說：「我們面對向海的方向是正北，沿後面向南的山坡攀上去便是蚺蛇尖。待會我們翻過蚺蛇尖，下山後便到達大浪坳。」

晶靈說：「大浪坳這名稱，我好像在哪兒聽過呢？」

小寶說：「當我們在地獄碰到呀力時，他曾經說過，在迷失前，他是經過大浪坳上大蚊山的！」

晶靈笑道：「對了，對了！所以，我們一會繼續向南行，走上大蚊山便是。」

於是，小寶和晶靈便慢慢地攀上蚺蛇尖。好不容易上到山頂後，他們看到壯麗的景色。小寶指著南方較矮的山，說：「對面便是大蚊山。」

晶靈向著前方的下坡徑問：「這樣陡峭又多碎石的山坡，怎能走下去？」

小寶說道：「蚺蛇尖貴為全港的『三尖』之首，當然不容易走。」

於是，晶靈唯有手腳並用下山，在一處特別多碎石的位置，晶靈甚至坐起來，慢慢地滑下去。

他們跌跌撞撞，終於到達大浪坳。沒了半條命的晶靈，又跟小寶走上大蚊山。

晶靈邊走邊說：「這條山路也挺明顯的，怎麼呀力會迷路呢？」

漸漸，山頭起霧了，越是上斜，霧便越濃。直到他們上了一片高地後，霧更濃得遮掩了山路。他們唯有停了下來，坐在地上等霧散去。

晶靈伸出手來，說道：「原來在濃霧中，真的會『伸手不見五指』呢！」

良久，濃霧漸漸變薄，能見度增加至三公尺左右。小寶看見前方有一個三角測量站，便說：「那邊有標高柱！看來我們一早已經到了 370 公尺高的大蚊山山頂，只不過霧太濃，令我們不知道位置。」

小寶怕晶靈走失，便拉著她一起察看山頂。晶靈說：「這裡有五條下山的小徑，咦？我們從哪一條上來的？」

在濃霧中，連小寶也失去方向感。他拿起指南針，只見指針一直在旋轉！

「這裡的磁場有點異常，我們現在失去方向！」小寶有點擔心地道。「或者，我們等霧散去，便可以靠太陽位置或星空辨別方向。」

晶靈想起外星醫生給小寶的物品，便說：「外星醫生不是給了我們『絕對方向指南針』嗎？」

小寶說：「怎麼我沒想起！」

小寶於是把「絕對方向指南針」拿出來，順著指針方向，找到了北方。

晶靈高興地說：「這邊是北方，既然知道方向，便不會迷失了。」

Chapter 16　　141

小寶點頭說:「我們再等一等,待霧散去多一點,便先下山,帶齊裝備再回來找呀力。」

　　他們等了幾小時,能見度卻一直維持在三公尺左右。

　　天色漸漸昏暗起來,小寶建議道:「反正上來時只見一條大路,不如我們沿回頭路走,先下山再算?」晶靈正想快點離開這個「鬼地方」,於是大力點著頭答應。

　　殊不知,當小寶和晶靈以為自己向北方走回頭路時,他們卻正向南方走!

　　為什麼呢?因為我們常用的「指南針」的指針是指著北方,而外星人的「絕對方向指南針」,指針的確是指向南方的!小寶和晶靈太習以為常,因此沒有想過有這個關鍵問題。

　　下坡的山路有點陡峭,下降了不久,小寶看到有分岔路,他說:「我記得上來時,好像是沒有分岔路的。」

　　晶靈上前察看,但一個不小心,便滑了一跤。由於小寶一直拖著她,晶靈這一滑,便連小寶也站不穩,一起被拉跌了!

　　由於山坡太斜,加上霧水令地面變得十分濕滑,他們這一跌,兩人便失控地沿分岔路左邊的山路向下滑,然後在一個急彎的位置,兩人一起滑入山崖!

　　幸運的是,崖下有茂密的大樹,樹枝為他們卸去大部分的下墜力。大樹下面,還有密集的灌木,更有一層厚厚的落葉,消去了撞擊力,令他們都只是受了非常輕微的皮外傷。

　　晶靈嚇得哭了,她說:「又是因為我的不小心,現在才陷於這種境地。小寶,真的很對不起!」

小寶卻安慰著她：「說好了要一起走以後的路，不管路是易走或難走。我又怎會怪妳呢？」

但是，麻煩又來了！因為他們跌在密林中，所以雖要「爆林」才能離開。可是，他們都沒有利器在身，於是唯有慢慢爬過灌木而去。

灌木叢大約一公尺高，小寶先爬，找到了容易走的位置，便叫晶靈從那裡過去。爬了約一個小時，他們終於離開了灌木叢。可能是消耗了太多體力，他們都不自覺地倒在地上睡著了。

小寶首先醒來，看見晶靈在草地上睡得香甜，便沒有叫醒她。小寶明明記得他們剛穿過了灌木叢，便累得倒了下來。但他此刻四處張望，卻見不到灌木叢。這時，天色已昏暗，他們在樹林中，但樹木稀疏，枝葉之間，還能隱約見到天空。但是天空籠罩著一片薄霧，看不見星星，不能靠星空辨認方向。

小寶發現，他們的隨身物品都不見了，唯獨外星醫生給他的一支香還卡在口袋中。他拿起這支香左右看看，感覺上似一支拜神用的香，他嗅了一下，也沒嗅到什麼味道。

晶靈也醒來了，她說：「這支香是否要點燃起來才有用呢？」

小寶聳聳肩說：「也許吧！但我們都沒有打火機，不能把它點燃起來吧！」

於是，他們繼續找路向下走，晶靈感到渾身不舒服，有點迷迷糊糊。不久，他們走到一條石澗邊，小寶說：「我們有水喝了！」

晶靈想了想，說道：「真奇怪，明明已經到了晚上，

Chapter 16

我們都沒吃飯、沒喝水，但我既肚子不餓，又不口渴呢！」

「我也是！」小寶回應道，但想不到原因。

突然，他們見到石澗的另一邊有幾個人，他們邊走邊說笑，像是夜行的行山人士。晶靈立即呼叫，欲引起注意，但他們好像聽不到叫聲，繼續說說笑笑。

小寶拉著晶靈走過去，卻發現那幾個人已經不見了。

不久，石澗下游又有人走過。這次他們一邊大叫一邊走下去，但繞過一棵樹後，那些身影又消失無蹤。

如是者幾次之後，小寶便說：「都只是幻影！我們都可能吸入太多瘴氣，甚至有點神志不清了！」

晶靈提議：「不如我們試試鑽木取火，看看能否點燃那去瘴毒的香支！」

小寶也認為可以一試，於是尋找較乾燥的樹枝，開始鑽木取火。

鑽了很久，木上才冒起一絲煙。小寶嘗試把香支放上去，卻點不著。這時，天色已經漸漸亮起來。

天一亮，小寶便看見前方有些奇怪的大石。他和晶靈一起走過去，看到那是一堆倒塌的舊墳。有一片比較完整的石墳上，還可以見到刻著一組數字。晶靈唸道：「586⋯⋯這不是很久以前，報章所記載在西貢結界那失蹤的探員，致電接線生時唸的數字嗎？」

突然，石墳傳來陣陣敲擊的聲響，他們前方的樹也傳來陣悲鳴叫聲。晶靈感到很害怕，靠近了小寶。

沿著悲鳴的聲音看過去，小寶和晶靈看見一個人，他們同時大叫：「呀力！」

呀力望了過來,也叫了一聲:「小寶、晶靈!」

他們相遇後,晶靈便把迷失的經歷告訴呀力。原來,呀力也是在類似的情況下迷失,也遇上類似的幻覺,卻一直走不出去。

呀力說:「就算我往任何一個方向走,最後也會走回原地,一直也是這樣!」

小寶說:「外星醫生告訴我們這裡有毒瘴,可能會影響我們的神志。他給了我們一支解毒的香,但我們沒火點燃它。」

晶靈指指呀力的眼鏡說:「趁有太陽,試試用眼鏡,聚光點火!」

呀力卻說:「我這是近視眼鏡,是凹透鏡,聚不了光。」

小寶卻笑著說:「拿來!」小寶把呀力的一邊鏡片拿出,放在大石上磨,不久,便磨了一塊凸透鏡出來。

之後,小寶和呀力合作,一個鑽木、一個拿好凸透鏡聚焦鑽木點加熱。很快,木塊便冒起煙。煙越來越多,晶靈便把香支放入,試了幾次,便把香成功點燃起來!

晶靈閉起雙眼嗅著,便立即聞到一陣陣香味。她睜開眼睛,突然看到樹林一邊有一條開揚的山路,於是便拉著小寶和呀力走過去。

他們浴著大路走,很快便見到遠處有一個海灘,還有座木橋。小寶說:「我認得那是鹹田灣,我們朝那個方向去!」

晶靈鬆了口氣,大踏步往前走,怎料走來走去,他們卻沒接近過海灘!當繞過一個樹林,步上高地後,他們又再次見到鹹田灣,然而,距離好像沒有變化過,就像他們

Chapter 16　145

一直原地在走著一樣。

這時，前方樹林中有一個身影出現。晶靈害怕地叫：「幻影又出現了！」

然後，這次「幻影」不但沒有消失，還向他們走過來！

竟然是龍教授！

龍教授說道：「晶靈，我是來找妳的。聽外星醫生說妳來了『結界』這邊，就知道妳會迷路了！」

晶靈知道有救，感激地說：「我們繞來繞去也在同一位置，教授快救我們出去吧！」

龍教授認真地說：「這一帶聚集了一堆『樹妖』，他們會在你們看不見的時候，調動位置，讓你們轉來轉去，找不到下山的路。」

「樹妖？會不會出來吃了我們啊？」晶靈害怕地說。

龍教授笑道：「它們唯一的能力就是迷惑方向，不過很容易破解。很久以前，我曾經在印洲塘海岸公園附近的山上遇上『樹妖』，明明就是一條非常簡單的山路，但下山的時候，周圍卻伴隨著樹木，根本找不到路回頭。」

晶靈雖然見教授安然無恙站在自己面前，但還是擔心地說：「那怎麼辦，教授你千萬要走出來，不要有危險啊！」

龍教授笑道：「那時我的確十分徬徨，但想深一層，只要能辨別方向，我便能『爆林』下去。可惜，由於那條路實在太簡單，我根本連指南針也沒有帶上去！」

晶靈問道：「那麼你是從太陽方位去辨別方向嗎？」

龍教授道：「碰巧那天雲層十分厚，看不見太陽。不過，也是全靠太陽，我才能辨別到方向。」

晶靈急著問：「教授別賣關子了，快告訴我們離開這裡的方法吧！」

龍教授嚴肅地說：「難道妳忘記了我在大學中教過什麼嗎？當迷失在樹林中時，除了看星座和太陽外，我們還可以靠樹木上的年輪辨認方向啊！」

晶靈高興地道：「我記得了！在一棵樹木中，年輪大約每年長一圈。樹木會朝向陽光生長，因此面向太陽的那一側木質增長得更快。故此，年輪之間距離較遠的一邊就是面向太陽的地方。我們住在北半球，所以若要向北方走，我們只需要向年輪間隔比較密的一方走便行了！」

龍教授點頭道：「現在我們不要理會完整的樹，因為每一棵也可能是樹妖。我們邊走邊找斷裂開了的大樹幹，一直只往北方『爆林』過去！」

果然，他們以年輪指示方向走，遇到樹木擋路便繞過去繼續往前行，不久，他們便成功離開了樹林，到達了一段用水泥鋪出來的路。

小寶說：「這是赤徑，是麥理浩徑的主徑！現在我們沿西邊的大路走，便可以走到車道離去了！」

晶靈感謝地說：「謝謝龍教授，我們終於夠逃離『西貢結界』了！」

龍教授說：「好了，我現在就回去『培育中心』，你們路上小心，別再迷路了！」

晶靈問道：「龍教授，你明明在南極進行研究，為什麼又出現在『北極幫』中？」

龍教授道：「是『北極幫』的人跟蹤我，由美國加州跟蹤到南極，詢問我為何『看不見的鬼』沒有靈魂。」

Chapter 16　147

晶靈問道：「什麼是『看不見的鬼』啊？」

龍教授並沒有回答，卻繼續道：「我把外星人敷衍過後，他們還因為我的科學研究知識，邀請我過來一起交流。我答應了他們的邀請，主要原因還是為了能靠近黃刀一帶的『傳送門』研究，目標是要據為己有，並透過地磁令『傳送門』隨意移動！」

晶靈好奇道：「成功了沒有？」

龍教授笑道：「已經成功了，今晚，我就會偷走他們的『量子傳送門』，據為己有！好了，後會有期！」

龍教授走後，沉默的呀力才道：「那龍教授，暗藏了在地獄那些壞靈魂的味道，是殺人放火不眨眼的那種……。」

晶靈知道龍教授一向也憤世嫉俗，討厭欺壓他人的人。她沒回應什麼，只向呀力道謝：「也全靠你的眼鏡鏡片，我們才能解毒瘴氣、逃出生天！」

呀力和晶靈說說笑笑，直到他們走到車路，小寶還是一個被丟在後面！

直到呀力離去後，晶靈問道：「小寶，我們現在去哪裡？」

小寶說：「完成了特別古怪的歷險，我們回家去吧，然後明天開始，繼續過我們最喜歡的……，平淡而簡單的人生！」

CHAPTER 17
鳳凰之巔

古怪的歷險、平淡的人生,究竟哪一個更精彩?人們每天汲汲營營,究竟是活了一生,還是只是重複地活了一天又一天?

回到長沙海灘的家後,小寶說道:「這段時間,我們一直經歷著生死與生死邊緣,難得可以暫時靜止下來。」

「和你一起的經歷,總是那麼新奇刺激!就像待在家裡也會有外星人找上門!」晶靈笑著說。「我真的很想念那可愛的小泥人呢!」

「我答應過會給妳做泥偶,現在我們就去做吧!」小寶說道。

「你真的會做活生生的泥人嗎?」晶靈好奇地問道。「什麼都會的你,真的是地球人嗎?」

「怎會不是?地球人是神以自己的肖像造出來的,是最優秀的!別忘記,就連外星人都說地球人類是宇宙中最完美的物種!」小寶說道。

晶靈笑著說:「好吧!完美的物種,請問我們去哪裡做泥人呢?」

「我們上山去吧!」小寶說道。「要製造泥偶,我們必須要使用未經耕作的土壤,然後使用未被容器盛過的純淨泉水來搓揉成泥偶。」

接著,小寶換上一身純白衣服,懷著潔淨的心靈,和晶靈一同上山去。

小寶說:「這裡的西北方就是鳳凰山,我們走高一點,保證泉水是最潔淨的。」

結果,他們走了幾小時,才到達小寶要找的地方。晶靈說:「我又在生死邊緣徘徊,快累死了!為什麼非要上

這麼高的鳳凰山呢？」

小寶笑說：「妳不是說過上了六次鳳凰山都看不到日出嗎？剛才我卜了一卦，待會早晨在山頂可以看到日出！」

「真的嗎？」晶靈累得像從鬼門關走了一遭，轉過頭來突然精神煥發。「還有幾個小時才日出，做泥偶要這麼久嗎？」

「做一個很快，但我要做100個！」小寶笑道。

此時，已經夜深人靜，深山中寂靜無人。小寶說：「我會用這裡的泥土和泉水去搓揉成100個泥偶。然後我會施法，將內心的魔像注入泥偶，使它們變成妳所說的『活生生的泥人』。在整個過程中，請千萬不要打擾我！」

「好的！」晶靈答道。「你怎麼懂得這些法術的呢？」

「在猶太神秘學『卡巴拉』（Kabbalah）裡重要的經典《創世之書》有記載。」小寶回答道。「書中詳細描述了修道之人如何能夠製造泥偶。只有達到最高境界的修道人，才能做到！」然後，小寶便開始搓揉泥偶，他的手法純熟至極，轉眼間便搓成了100個泥偶。

接著，小寶的神情變得莊重而嚴肅。他先集中精神在空氣中想像一個人的每個部分，然後再念起咒語，將想像中的每一個身體部分注入到泥偶中。

晶靈聽到小寶的咒語由22個發音組成。每次他注入生命到一個泥偶中時，咒語中發音的次序都完全一樣！大約經過兩個小時左右，小寶便做好了100個泥偶，並把生命注入給他們！

小寶說：「以我的法力，只能做到這些20公分高的小泥偶。」

Chapter 17

晶靈笑道：「他們都很可愛呢，我很喜歡！不如我們把這 100 隻小泥偶，命名為『泥人兵團』吧！」

小寶笑了笑，他說：「我們上山頂去！」於是，小寶帶領著晶靈和「泥人軍團」一起浩浩蕩蕩上山去了。

晶靈說道：「能夠無中生有創造生命，實在是太不可思議了！」

小寶說：「也不是無中生有的，這只是能量轉換而已！如果能力更強大的話，就能夠轉變任何物質，甚至能像煉金術一樣，點石成金。」

不久，他們登上鳳凰山頂。山頂上有一間小鐵皮屋，小寶安排了泥偶們入內休息，並給了他們一些預設指示。

晶靈說：「離日出只有 10 分鐘，但天空上仍然有一層雲霞，按照我的經驗，我們應該看不到日出了！」

小寶說道：「《周易》卜卦顯示能看到，不用擔心！」

五分鐘過去了，雲霞仍然沒有消散的跡象，晶靈說道：「這麼多雲霞，怎能可能看到日出呢？不過，我倒寧願你的占卜是正確的。」

「天有不測風雲！」小寶充滿信心地說道。

再過一會，突然颳起了陣風。晶靈滿心歡喜，期待著雲霞被吹散！然而，幾分鐘後，陽光從雲霞後面照耀出來，太陽仍然被厚厚的雲霞遮擋！

晶靈望住小寶，生氣地道：「日出呢？」

「人有旦夕禍福！」小寶尷尬地說道。

晶靈失望地說道：「不是說平均上來山頂七次，就可以看到日出了嗎？我今次是第七次上來，卻還是看不到！」

小寶回答道：「平均值和絕對值當然是有分別的。」

晶靈問道：「為什麼《周易》卜卦不準確了？」

「可能是我的修行還不夠！」小寶說道：「又或者，占卜過程中，人類所掌握的細節仍然有限。就好像連外星人都未能夠以『時間標記』完全精確地推算人的命運！」

晶靈笑道：「那麼只能靠小神了，我們也要找他幫忙解決《周易》卜卦準確率的問題！」

「有關小神，我還有一件事還未告訴妳！」小寶嚴肅地說道。

晶靈立即問道：「什麼事情？」

「妳還記不記得，我曾經說過，在未來有一位瘋狂的科學家，在20多歲時已經獲得了諾貝爾物理學獎？」小寶問道。

「我記得啊！」晶靈說道。「他建議過你在『靈魂傳送儀』中加上新的連結，令你能進入『微縮世界』！」

「那位天才科學家，就是小神！」小寶說道。

「竟然是他？怪不得我們見到他的時候，你的神態有點古怪！」晶靈驚嘆地說道。「不過，他的樣子和你20歲時一模一樣，你怎麼不認得他？」

「不對，小神的年紀不對！」小寶說道。「他在未來找我的時候，看來還非常年輕，這點令我想不通！」

「想不通，就先不用想！」晶靈笑道。「明天的煩惱，還是留給明天。」

「那麼，明天還是要想的呢！」小寶也笑道。

「到了明天，就已經是明天的『今天』，就把煩惱留

Chapter 17　153

給明天的明天吧！」晶靈說道。

他們難得一起輕鬆地笑著。

晶靈說：「不如我們下山吧！」

小寶說道：「還不可以，因為我們回到家時，我在桌面上發現了這個字條。」

晶靈拿起字條，它上面寫著：「小寶：就算你躲在天腳底，我們明天一定會找到你，以報毀滅家園之仇！你逃不掉的！」

「這字條應該是來自那一群墮落的天使。」小寶說道。「我不想自己的家被他們毀掉，也不欲傷及無辜，唯有把戰場移來山頂！」就在這時，天邊有東西飛過來山頂這邊。

那是一群墮落天使！

這群邪惡的敵人飛到鳳凰之巔前，一個領導者舉起了停止的手勢，所有的墮落天使一起停在半空中。一位墮落天使向領導者說：「蜚廉先生，他們就是小寶和晶靈！」

「小寶和晶靈！」蜚廉先生冷笑道。「聽說你們捉了我的前妻，將她送上天國受審！」

晶靈記得之前把靈魂困在「微縮世界」的蜚廉太太，莫非這位是她的前夫蜚廉先生？

「蜚廉先生，你不是早已離開地獄，生活在人間了嗎？」晶靈試探地問道。

蜚廉先生盯著小寶和晶靈，說道：「因為魔鬼已經墮落，離棄了地獄的兄弟們，所以他不能再成為地獄之王。我從人間回來，準備接替他成為『地獄之王』！」

「地獄已經成為廢墟了，你還能管什麼？」小寶挑釁

他道。

　　果然，蜚廉先生沉不住氣，他下令說：「給我活捉他們！」

　　墮落天使立即開始進攻，他們降落到山頂上，準備把小寶和晶靈捉住！

　　在他們以為這兩個毫無法力的普通人類，能夠輕易手到擒來之際，突然間，上百隻埋伏在泥土中的泥偶高速升起，向墮落天使發動猛烈的物理攻擊！

　　泥偶們體型雖小，但他們跟隨小寶的預設指令，幾個為一組，集中攻擊那些瘦小的墮落天使。有幾個墮落天使的翅膀被打斷，然後被踢下山！

　　「泥人兵團」擋在小寶和晶靈前面，墮落天使們見到肉搏戰行不通，於是全部退回半空。

　　「小寶，你的『泥人兵團』真厲害！」晶靈大叫道。

　　小寶卻皺起了眉頭，說道：「我的『泥人兵團』只擅長地面攻防，對空中作戰並不在行，我們處於劣勢！」

　　這時候，一堆石塊從空中落下，但在接近鳳凰山頂之前，突然停了下來！

　　原來他們是由小泥人帶領的「泥人戰士」，他們乘坐著「反地心引力磁力推進器」來到這裡。

　　小泥人跟小寶和晶靈打招呼，然後說：「總部得知你們受到襲擊的消息後，急召我們來支援！我們還帶了額外的『小型反地心引力磁力推進器』，給你們的『泥人兵團』使用！」

　　接著，「泥人兵團」使用小型推進器，跟「泥人戰士」一起佈下空中石陣！他們慢慢飛向前，包圍住墮落天使！

墮落天使們立即利用空中地風水火之力量,與泥人和泥偶展開戰鬥!只見墮落天使一方實力明顯強大得多,泥人和泥偶們給魔力逐一擊落。小泥人受了傷,跌落在小寶和晶靈面前。

　　看來小寶和晶靈要被墮落天使活捉了!

　　突然,墮落天使竟然受到一陣魔力的反擊!原來,有一群天使已經來到,集結在小寶和晶靈身後的天空。

　　晶靈在天使群中,尋找安祖的蹤影。她找不到安祖,卻看到蜚廉太太。原來蜚廉太太被送回天界後,誠心悔過,並得到了神的饒恕,重新成為一位天使!

　　蜚廉先生和蜚廉太太互望著,都想起以往的恩恩怨怨,但沒有說話。

　　「天使」和「墮落天使」雙方在空中盤旋穿插,以冰雹、火焰、隕石和風暴的力量交戰!戰場的震撼程度,不亞於那「夢境世界」那次驚心動魄的「魔鬼與天使長」之戰!

　　有了天使大軍的支援,形勢迅速逆轉!蜚廉先生一聲令下,墮落天使全體後退。他們看來已經筋疲力盡,而且都受了傷!天使大軍見勝負已分,也聚合起來,準備將墮落天使帶回天界受審。

　　晶靈高興地說道:「除非魔鬼突然出來幫忙,否則形勢再難逆轉了吧!」突然間,天使大軍的所在位置爆炸起來!天使們紛紛受傷,跌落山頂!

　　原來蜚廉太太不忍前夫落敗,於是她靜靜地聚合自然力量,然後引爆!

　　形勢瞬間再次逆轉起來!

CHAPTER 18
新地獄

在最無助的時候，腦海中浮現的會是誰？在死亡的邊緣，心中最牽掛的又會是誰？前者，是那個能讓你倚靠的人；後者，是你心中的最愛。可惜若非經歷過生死的考驗，誰又能真正給出答案？

「安祖，我的守護天使，你在哪裡？」晶靈叫道。「快來救救我們吧！」

果然，一名天使從遠方慢慢飛來。他優雅地停留在山頂的三角測量柱上，在緊張的大戰中，卻說起不趕急的話：「原來全港第二高峰鳳凰山有 934 公尺高，只是僅次於 957 公尺高的大帽山呢！」

「邱比特！」晶靈大叫道。「怎麼你成為了天使呢？」

邱比特笑著回答說：「其實我一直都是天使，只不過因為工作需要，經常流連在人間！」

晶靈向小寶說：「你還記得嗎？就是邱比特把你的卡片交給我，我才重新聯繫上你，告訴你夢境的事情！」

小寶開心地笑著說：「我記得！原來你就是邱比特啊！」

邱比特像孩童一樣笑著，說道：「你以為我為什麼把你的卡片交給晶靈呢？這是我的工作，我當時是來撮合你們兩個的啊！」然後，邱比特向後翻了個筋斗，突然化身成一群紅衣小孩！

一個紅衣小孩說道：「這次我們爆出了共 64 粒『愛情粒子』，其中包括『紅鸞』、『天喜』、『天姚』和『咸池』粒子各 16 粒。」

另一隻紅衣小孩說道：「我們又要出動，來撮合這個城市一對一對的情人了！」

晶靈說道：「『愛情粒子』們，你們來得正好，雖然

你們都只是小小的天使，但墮落天使已經筋疲力盡。你們有 64 人，絕對可以幫我們反敗為勝了！」

「我們來的目的，只是撮合戀人！我們是中立的，不會攻擊你們，也不會攻擊他們！」另一隻紅衣小孩說道，然後他們都一起飛到半空追逐，就像是一群小孩在遊玩一樣！

見到小寶和晶靈已經再無後援，蜚廉先生大笑道：「勝負已分，為了避免後顧之憂，大家來聚集最後的力量，直接擊殺小寶和晶靈！」

墮落天使們全體聚集他們的力量，一道強大的能量死光，直向小寶和晶靈射去！

這個強度的能量，就算是安祖出現，也無力破局！晶靈想道：「難道我們又要死了嗎？」

能量死光，已經射到小寶和晶靈的身前。

突然，十道紅光從空中射下，它們以極高的速度截擊了墮落天使的能量死光。

然後，兩個身影從天空飄落而下。

他們是魔鬼和九眼菩薩！

「苦海無邊，回頭是岸。」魔鬼對墮落天使們說道。「凡事無常，業報亦無常。業從我們背叛神的一剎出現了，就讓它在這刻消散吧！」

無論是小寶、晶靈、小泥人、天使、愛神粒子，還是墮落天使，大家都面面相覷，沒人敢相信眼前的事實！

九眼菩薩慈祥地微笑著，說道：「境由心生，內心平和，見事皆和，眾生皆有佛性。魔鬼先生已經放下過去的

恩怨，他此次回來，是為了化解大家這場災劫！」

這時，蜚廉先生看著蜚廉太太受傷呻吟，突然回憶起他們過去的點點滴滴，也想起剛才她為自己引爆受傷。他於心不忍，飛到山頂將她抱起，一邊飛走一邊說道：「各位，我們會再回到人世，以後我會好好照顧她！」

「愛神粒子」一起歡呼起來：「我們又成功撮合一對愛人了！」然後瞬間四散離去了！

墮落天使群龍無首，都靜靜離去。

而善良的天使們互相扶持，把受傷的同伴帶回天國治療。

魔鬼和九眼菩薩也揚長而去。

整個山頭，就只剩下小寶、晶靈和小泥人三人。

原以為大戰已告一段落，怎料，就在此時，天空中的霧越來越濃。在濃霧中，有成千上萬的黑影在蠕動。

「是地獄的惡靈魂！」小泥人道。「地獄被炸毀後，他們明明四散去了，怎麼又聚集了起來？」

還未說完，一堆黑影靠在一起，形成一片烏雲。它飄到小泥人的上方，突然下起豪雨！只是幾秒間，小泥人便給雨水沖散了，與地上的泥土混為一體。

就只一招，惡靈便把小泥人殺死了！

「小泥人！」晶靈的眼淚奪眶而出，卻沒有時間傷心，因為惡靈要向他們下手了！

惡靈化為幾十組黑雲，互相在天空磨擦，然後一道又一道的閃電，擊打在鳳凰山頂，小寶和晶靈左閃右避，怕被雷電擊中。

突然之間，一道藍光打在一片烏雲上。一組惡靈被打散，受驚散開從天空逃走！

是安祖！

晶靈高興地道：「怎麼這麼晚才來救我啊？」

她一邊繼續滾動，避開其他惡靈的閃電攻擊，一邊期待安祖快點把全部惡靈驅散！

安祖心道：「時候到了！」他趁晶靈只顧躲避，沒看自己的時候，偷偷向小寶射擊出一道藍光。

小寶也不停滾動著，突然，眼前出現一道藍光！他一個反身，卻踏了個空，原來他已跳出懸崖的邊緣，直墮下去！

安祖等了千世，終於來到這一刻，他把情敵小寶殺掉了！他假裝把惡靈全部驅趕走，再飛到晶靈前，擁抱她道：「我來了，妳沒事吧！」

晶靈給嚇得深深地呼吸著，然後問道：「小寶呢？」

安祖嘴角向上仰，輕微地笑著，聲音卻裝作很傷心地說：「他⋯⋯在混亂中掉下懸崖了！」

晶靈立即推開安祖，跑向懸崖邊，大叫小寶！

她向安祖說：「快抱我飛下去，我們要救小寶！」

安祖知道從這高度跌下去，血肉之軀肯定粉身碎骨！現在無論小寶的靈魂去了天國還是地獄，他也有能力禁止他的靈魂還陽。他抱起了晶靈，帶她下去親眼看看小寶死亡的事實。

從此以後，晶靈只會屬於自己了！

他們一直向下飛去，直至踏在一大片平地上。

剛才安祖用電光射擊小寶之後，他明明掉下懸崖！可是，現在，人呢？

晶靈找不著小寶，急得哭了。

安祖雖然心中不安，知道小寶可能給外星人或天使救起了。不過他知道，只要把晶靈帶到自己建立的新地獄，就沒有其他活人可以找到她，畢竟那裡是最高防禦堡壘，沒有他的許可，誰也不能進入！

安祖安慰晶靈：「既然這裡找不著小寶，那一定是有人救起了他。可能立即有事忙著，才匆匆離去了。」

晶靈問道：「若小寶安然無恙，應該要向我報告平安啊！」

安祖溫柔地笑道：「小寶性格一向是這樣吧，一有事忙，說走就走，然後丟下妳消失一年半載。不過，還有我，我總會留在妳身邊的……晶靈。」

晶靈嘆道：「還以為經歷了夢境世界、微縮世界，還有南北極幫和地獄之旅這麼多事情，險死又真死，小寶會更懂得珍惜我們相處的時間。怎知道，他忽然又不辭而別了……枉我還替他擔心呢！」

安祖笑道：「來，我帶妳飛去我的新居看看！」

晶靈抹去眼淚，牽強地笑了笑，然後讓安祖抱著她，向南方飛去。

安祖的天使翅膀又大又美，飛行的速度比飛機更高。起初，晶靈還能看見一些陸地，漸漸地，放眼望去，盡是茫茫大海。

越向南飛，晶靈便越感到寒冷。安祖將晶靈抱得更緊，用身體溫暖她。

漸漸，遠方有白色的陸地出現。不，原來是冰山！他們飛過一大片冰地後，安祖慢慢減速，然後在一道裂縫沉下去。

兩旁的冰層在陽光的照射下顯得晶瑩剔透，下面的深淵似乎無窮無盡，深不見底。原本是大白天，但越沉下去，陽光便被上面的冰層阻擋得更甚。漸漸地，周遭變得漆黑一片。

晶靈有點害怕，但既然是安祖帶她來，一定是安全的地方。

晶靈在黑暗中感到他們慢慢地停了下來，而且面前出現了淡淡的光。她看見面前已經不是冰塊，而是岩壁，他們身處一個山洞前。

安祖放下晶靈，拉著她的手進入山洞，山洞的盡頭是一道大門。當他們接近時，大門便自動打開。

安祖說：「這道門是用了『靈魂脈衝識別技術』，去辨別我們的身分。」

進了大門，晶靈便看到一個極大的空間。雖不知光源從何而來，但是柔和的燈光，滲著淡淡的粉藍色，甚是夢幻。她感到一切似曾相識，但又說不出何時來過。

晶靈讚嘆道：「這裡又大又美麗，是地球上眾天使的居所嗎？」

安祖自豪地說：「這居所是我建立的，是我的家，我就是這裡的主人！晶靈，從今日開始，妳便是這裡的女主人，我們以後就在這裡生活，妳喜歡嗎？」

想起安祖的寵愛，想起他之前為了哄自己開心，細心地編了一堆「量子愛情學」的理論，便甜甜地笑了起來。

Chapter 18

安祖用手指在地上畫了一個大圓圈，然後示意晶靈一起踏進去。當進入圓圈範圍之時，便有一個光圈包圍著他們。然後，他們在光圈中慢慢沉下去。

　　穿過了一層岩石層之後，他們沉到了另一個空間。碰到地面後，又繼續沉下去。就像在搭乘升降機一樣，直到了第九層才停止下來。

　　當光圈穿過每一層，晶靈望著每一層科幻感的設計，發現地貌有點熟悉，但是裝潢都是從未看見的景象，感到眼花撩亂，不可思議。

　　然而，每當沉到下一層時，晶靈都有異樣的感覺，直至到達第九層，晶靈便清楚明白了：建築物的建造結構，跟火星上的地獄一模一樣！

　　晶靈一臉疑惑：「怎麼這裡的結構和地獄一模一樣？分別只在於背景光源由紅色變為淺藍色。但它不是被我們炸掉了嗎？」

　　安祖道：「當我們上次在地獄的時候，我為了蒐集更多有關魔鬼的情報，身上帶了 3D 相機，將地獄的內部結構拍攝下來。之後在電腦中重整，再透過機械人沉入地底，做了 3D 列印。當然我再加入了不少科技裝置，例如大門的識別技術，以及貫穿實物的電梯。」

　　晶靈感到有些害怕：「那麼這裡算是地獄嗎？那些要受苦的靈魂會來嗎？」

　　安祖回答：「我把這『新地獄』設在地球上，不但讓靈魂可以到來，就連肉體也可以進入。不過，我們只在最底的第九層生活，只要不走上去，就算那些靈魂來此受苦，也不會干擾到我們的幸福。」

安祖見她心神不寧，關心地道：「晶靈，妳在煩惱些什麼？」

　　晶靈以沉默作回應，心中只在念念不忘：「小寶，究竟去哪裡了？」

CHAPTER 19
創世紀

遺憾，或許就是小寶今生最後的感受。他一生從不懂向晶靈努力表達愛意，說過嘗試學習寵愛她，卻偏偏不了了之，直到此刻才明白，自己已經沒有機會了。

小寶踏了個空，從山崖跌下，心知不妙，卻也無從自救。

過去的點點滴滴如同落葉，在空中飄過，這一生就此完結了嗎……？

突然，小寶感到下墜的離心力消失得無影無蹤，然後，感到自己是以一個靜止的狀態躺著。

「我又死了嗎？」小寶想著，並慢慢地睜開了眼睛，看到一雙充滿智慧的眼睛望著自己。

「龍教授？」小寶奇道。

龍教授道：「那個安祖不懷好意！他趁亂射出電光，迫你避開時掉入山崖！但算你命大，我剛剛成功偷取外星人的『量子傳送門』，並研究出如何利用地磁移動它。一見你掉下來，便把傳送門放到懸崖下，再透過『量子隱形傳送』，將你舊的身體和靈魂消滅，並在這裡重建出來！」

小寶驚魂未定，他問到：「我在你的飛碟上嗎？」

龍教授道：「算是吧！這飛碟原本是屬於外星人的，我追蹤到他們降落在南極冰層上，知道他們有傷害地球的意圖。於是，我便利用電磁擾亂他們的系統，再沒收他們的防禦武器……，就像沒收你的刀刃一樣，然後將飛碟據為己有。」

小寶驚訝道：「那些外星人呢？」

龍教授向下方指了一下，冰冷地道：「冰封在下邊的冷藏庫中，等有空再解剖研究！」

小寶喃喃地道：「殺人是犯罪，但……殺外星人是犯罪嗎？」

龍教授淡然道：「弱肉強食、適者生存，是自然界的規律。全宇宙只有人類才這麼蠢，把那麼多的法律和道德枷鎖搬在自己的頭上！幸好南極沒有國家霸佔，沒有法律……這批外星人對地球人不懷好意，該死的就全部要死！」

小寶驚魂稍定，問道：「晶靈呢？你是不是也救了她？」

龍教授道：「安祖攻擊你之後，扮作擊走了惡靈，英雄救美！你看，他正在擁抱你的晶靈！」

龍教授像變魔術一樣，突然變出一個水晶球，放在手心上幾吋位置。水晶球凌空旋轉著，裡面顯示著許多不同的影像，其中一個，正是安祖在鳳凰山頂擁抱著晶靈安慰的時候。

小寶紅著眼說：「請送我回去找晶靈！」

龍教授卻道：「先別輕舉妄動，安祖在你們靈魂瀰散的幾個多月中，已經暗中在地球南極的松島冰川（Pine Island Glacier）下重建了新地獄，並自封為王。」

小寶驚訝地道：「安祖成為新地獄之王？」

龍教授點頭道：「安祖召回並整頓了散失的靈魂，啟動了地獄中的量子電腦，以分析靈魂的狀態。利用複雜的演算法，他將靈魂們分為不同的組別，注入人工智慧資訊為他服務，並結合嶄新的電子設備，將新地獄打造成一座最高防禦力的堡壘。而且，每當他離開地獄之前，那班半人工智慧靈魂會伴隨他左右，我們打不過他們！」

Chapter 19　169

小寶問道：「那麼安祖現在是正是邪？」

「視乎對著誰了⋯⋯。」龍教授又指著水晶球說：「這是未來⋯⋯即幾小時後的影像。你看，他照顧晶靈時，無微不至，不停哄她開心，多麼寵愛呢！」

小寶看著影片中的晶靈，充滿幸福的笑容，百感交集。他思考了一會，問道：「這顆水晶球能預知未來！這是什麼科技？」

龍教授道：「我是從一個自稱『愛神粒子天喜』的小天使手上巧取的⋯⋯。」

小寶奇道：「巧取？你騙了他？」

龍教授笑道：「各取所需吧⋯⋯不過，這天喜小天使，聽說也給安祖收服成為手下了。」

小寶咕嚕道：「安祖現在那麼強，我們怎麼辦才好？」

龍教授提議道：「新地獄所在的冰川本已是對地球人來說極危險的地方，表面上是平靜的冰雪，但若人在上邊，會隨時被隱藏的裂縫、冰崩，甚至冰川的滑動所吞噬。再加上安祖用嶄新的科技做安全系統，防禦力遠超我們想像。幸好現在他在明，我們在暗。既然人類力量對抗不了，那我們就找外星人去！」

龍教授帶小寶離開了飛碟，原來飛碟就停泊在「北極幫」位於西貢的培育中心旁。

當他們走進培育中心時，小寶竟然碰到「南極幫」的灰長老！

灰長老說：「小寶，你也在！快去大禮堂，小神的『創世紀』演說快開始了，全球南北兩幫的外星人也到來，觀

看小神如何創造宇宙！」

小寶跟著灰長老走，在人群中，也不知道龍教授跑到哪裡去了。

一進入大禮堂後，小寶便呆住了，這個禮堂，他十分熟悉，就是那個「夢境世界」中，困住了他和晶靈的禮堂！

小寶問灰長老：「禮堂最多能容納幾百人，怎能同時接待過萬種外星人？」

灰長老回答：「那還不簡單，將幾百個相同的禮堂空間重疊便行！」

灰長老和小寶到了最前排坐下，不一會，燈光漸暗，只見小神步上講台。

小神說：「各位宇宙的來賓，歡迎來到地球！我是小神，擁有地球人的複製身體，以及眾多來自宇宙各方的基因。感謝大家讓我來到這個世界！」

一陣陣掌聲之後，小神又說：「培育完成後，我先利用時空摺疊進行時間旅行，穿梭於過去和未來不同的空間，繼續豐富我的知識，尋找創造世界的方法。我到了很多不同的時間遊歷，也已經遊歷了十多年時間，現在回到這個時間，以履行示範創造世界的承諾！」

小神頓了一頓，又說：「我發現，要創造一個有生命的世界，必先有造物的元素。然後，我透過研究人的命運，已經成功找出設定生命的公式。那是以『時間標記』作『亂數』，來決定那是何種生物，以及計算好他未來可能的種種命運。『時間亂數』指年、月、日、時、分、秒、毫秒和微秒，總共八個亂數！每個亂數又分為兩部分，即天干：甲、乙、丙、丁、戊、己、庚、辛、壬、癸，以及地支：子、

Chapter 19

丑、寅、卯、辰、巳、午、未、申、酉、戌、亥，共十六字。」

「時辰十六字，比時辰八字多了一倍！」小寶深深吸了一口氣。

此時，一道聲音發問道：「小神先生，什麼是未來可能的種種命運？究竟命運是設定好了，還是人類能夠選擇決定的呢？」

小神回答道：「是根據時間的元素先設定好了多個不同的選擇，然後由人類自己決定做哪一個選擇。不同的選擇，會衍生不同的平行宇宙！」

<u>小寶立即想道：「命運，果然是如『預定論』（Predestination）中，神早已設計好，但人仍然有『自由意志』（Free Will）去選擇！」</u>

小神又道：「在我們現在的世界，萬物的命運就是以這八個『時間亂數』、『時辰十六字』的『萬有公式』設定出來的。換句話說，只要我們知道某一個人出生的準確微秒，我們便能夠以百分之百的準確率，推算他們的命運了。」

<u>「果然有『算命必中術』！」小寶感到十分驚訝。</u>

小神繼續解釋：「就算是一滴水，甚至是光，它們的命運都是在創造的時候根據『萬有公式』設定。」

全場一陣靜默，似乎都在思考這一條「萬有公式」。

小神嚴肅地宣布：「我現在就開始創造第一個世界！」

灰長老對旁邊的秘書小姐說：「請把小神創造世界的過程記錄下來，供後人參考。」

燈光迅速暗去，隱約中見小神在黑暗中挖出一個巨大

的空間,空間裡面充滿各種物質,地面上鋪滿水。小神走進去,在水面上走著,然後說:「要有光!」黑暗的空間變得光亮,然後小神開始使用「萬有公式」建立新的世界。

　　以下是外星秘書對小神創造新世界記錄的第一段摘錄:

　　「起初,小神創造天地。地是空虛混沌,淵面黑暗;小神的靈運行在水面上。小神說:要有光,就有了光。」

　　小寶也不禁默默唸出《聖經‧創世紀》中的經文。

　　「起初神創造天地。地是空虛混沌。淵面黑暗。神的靈運行在水面上。神說,要有光,就有了光。」(創 1:1-3)

CHAPTER 20

知善惡樹

無論內心多麼善良的人，都難免會有惡念和邪念。人性本源於原罪，而愛所衍生的佔慾，誰也不能倖免。安祖雖然是一位天使，但也沒例外。天使不是完美的嗎？錯了，曾經世界上最邪惡的，便是墮落的天使和舊地獄之王魔鬼；如今，最邪惡的也是天使——新地獄之王安祖。

　　不過，安祖要成萬惡之王是因為愛，他對晶靈的愛意不僅千世未變，反而越陷越深。他妒忌晶靈對小寶的崇拜，為了超越他，讓晶靈更加仰慕自己，安祖實現了新地獄的計劃，財力與勢力已遠超小寶。而且，他始終陪伴在晶靈身邊，不會像小寶那樣說走就走，丟下晶靈不理。

　　日復一日，安祖對晶靈越加寵愛，又告訴她小寶在世上銷聲匿跡。反正回到地面也是一個人，自己又沒有能力離開，於是晶靈就靜靜地待在新地獄中。

　　受苦的靈魂也開始遷入，晶靈雖然不忍他們受苦，但也無能為力，只能默默地在新地獄不同層數中，照顧這些靈魂，並為他們祈禱。

　　直到一天，她碰到了一張熟悉的面孔：是能穿梭人間與地獄，向靈魂傳福音的呀力！

　　奇怪的是，呀力竟然扮作不認識晶靈，向她眨了幾下眼睛之後，偷偷塞了一封信給她，然後走開繼續向靈魂傳福音。

　　晶靈記得呀力是小寶最要好的死黨，於是立即躲起來，打開信件閱讀。如她所料，這封信是來自小寶的：

　　「晶靈，安祖為了霸佔妳，暗算了我。但是，他在南極冰層底部建造的新地獄堡壘防禦實在太強，連南北極兩方的外星人想進入，安全地拯救妳出來也無能為力。幸好，小神想到一個方法。他在不停地創造新的世界，直至找到

一個和我們現在相反的世界。

「他說，世間萬物也有正反兩面，就好像有正物質就有反物質。只要能創造出與我們相反的世界，便能通過那邊的新地獄內部，然後透過空間連接，直接進入這邊的地獄拯救妳。在我到來之前，要好好照顧自己，並寬恕安祖，因為我們也都犯過罪。等待時，多睡覺，日子如彈指，夜夜夢中見，這是我的命令！教主小寶上。」

看到「教主小寶」的署名，她便想起上次小寶在火星的地獄上領導群雄，打垮魔鬼的那一幕，不禁會心地微笑。

晶靈於是默默等待，對著安祖時也沒有抱怨，畢竟明白他要困住自己也是出於愛。閒時便坐下來，把她這段經歷書寫下來，編輯成《魔夢啟示錄》、《量子愛情學》和《算命必中術》三本書。

晶靈也沒有恨安祖，畢竟她壓根就不懂得去恨人、罵人，心中仍然感激安祖對她的寵愛。

一天，晶靈聽到外邊一片嘈雜之聲，於是便走去看看。竟然，外邊是一大堆外星人──她認識的，全部都在！

小寶大叫：「小神已經成功創造我們的反世界，正反兩地的新地獄空間已經連接。晶靈，兵貴神速，我們打他一個措手不及，趁小神正在擋住安祖，快走！」

晶靈頭也不回，便跟小寶跳上一塊飛行板，逐層飛上去。來到最頂層的時候，看見大門經已被炸碎，他們飛過山洞口，升上地面。

這塊冰川的冰棚受到全球暖化的影響，部分冰層斷裂剝落，形成像山谷般的冰峽谷。小寶和晶靈繞過一個又一個的冰山谷，升到地面，爬升到半空。眼見龍教授站在他

的飛碟上，揮手示意，要接他們乘坐飛碟離開。

可是，這時一道又一道的藍光閃過，原來是安祖逃離了小神的壓制，飛上來阻止他們。只見飛碟上的龍教授也拿起武器，還擊安祖，一陣白色的氣，在空中吹起！

安祖竟然沒有避開，他趁被擊中前，再偷襲飛行板。晶靈失去重心，從高處跌下，掉到冰崖下！同時，藍光擊中小寶和飛行板，他們瞬間昇華蒸發，在空氣中消失得無影無蹤！

為了擊中小寶，安祖竟然放棄閃避龍教授的攻擊！為了消滅情敵，竟然寧願玉石俱焚……。

安祖被龍教授的冰槍冰封了，卻沒有掉下來，像一塊「冰琥珀」懸浮在空中。

晶靈掉下冰崖的時候，龍教授忙於和安祖對打，因此並沒有來得及救她。

龍教授心知不妙，晶靈若從那個高度掉下冰面，絕沒有生存機會，除非有一層厚厚的粉雪。可是，放眼四望，周遭毫無積雪……。

他走向冰崖邊，目光卻被一樣奇怪的東西吸引住了！

是長在冰上的一截樹幹！

龍教授記得那截樹幹第一次出現，是上次晶靈從北極乘座他的飛碟時，突然出現在飛碟大堂中央。之後他嘗試探索，又發現樹幹不見了。現在竟然出現在冰層上，樹根牢牢抓著冰層，樹幹像給人斬走樹身一樣，只剩下一公尺左右的高度，但仍然充滿生氣。

他看不見晶靈，於是靠近樹幹，發現晶靈正好掉在樹的中心，毫髮無損！

晶靈睜開雙眼，一臉驚惶。她摸著周圍，發現自己掉在軟綿綿的地方。

龍教授仔細察看，說道：「這是『黏菌』（Myxomycetes），一般依附在樹皮或枯木上。它們很少在極地出現，而且數量多到堆積成如此的厚度，能完全卸去妳從高處墜下的力。」

晶靈一躍起身，「黏菌」竟然將黏液一樣，瞬間自動補回凹陷的地方，令表面變得平滑，並迅速堅硬起來。

晶靈仔細查看眼前這截樹身，嗅到一陣檀香的味道，想起過往的經歷，便說：「我記起來了！第一次看見它是在夢境世界的大禮堂中，當時它是一張長桌子，上邊擺放了塵封的書本。第二次見它是在荔枝莊的樹林中，差點兒變成水鬼替死鬼的那次。第三次是在你的飛碟上！」

這時，小神出現了，他拉著安祖「冰琥珀」，來到晶靈面前說：「這是在伊甸園那棵『知善惡樹』，當年你們吃了它的禁果而被逐出伊甸園。萬物都有靈性，它負過妳，於是便來到人間，直至完成一次對妳的償還，才會離去。」

晶靈懊惱地道：「我不明白，這棵禁果樹會來還債，西貢的樹妖又會令人迷路，難道連樹木都是有靈性的生命嗎？」

小神回答：「在每一個世界的答案也會不同，但我可以肯定地回答，在我們現在的世界，一草一木，也都是有靈性的，我們別再踐踏或摧毀它們。而且，『知善惡樹』是天界的東西，它和附在它上面的東西會永恆不滅⋯⋯。」

晶靈沉默了下來，然後問道：「對了，小寶呢？他又突然丟下我去哪裡了？」

小神回答：「他被安祖的電光打中，瞬間昇華消失，連死亡的痛楚也沒有。」

晶靈嚇了一跳，然後冷靜地說：「那麼他的靈魂在哪裡？快找『北極幫』幫忙，重組一個身體給他！」

小神搖頭道：「安祖絕對是個天才，那電光的能量，被改造得連靈魂也立即昇華。如今，這個世界，再也沒有小寶了！」

晶靈望著被冰封了的安祖，眼淚如決堤般流下，失控地低呼：「你為什麼要這樣做？」

小神和龍教授也不知道怎麼安慰晶靈。

他們被晶靈的哀傷感染，眼中也泛著淚光。

龍教授語重心長地說：「爭取所愛，立場不同，也是弱肉強食世界裡的一環，是是非非，實在難以定奪。或許……我很可能錯了，人是有靈性的，我們應該要懂得為善。若令其他人傷心受苦，這也是罪！要平等保護眾人，就要律法！知善惡樹，早已暗示我們要辨惡明善。」

小神深思了一會說：「我們不能殺掉安祖，因為他是天使，在設定上，若他死了，另一個他會在平行宇宙中到來，繼續執行這裡的事。而天界也會再複製另一個他，去補上平行宇宙的空缺。我們唯有先將安祖繼續冰封，令他不能作惡！」

龍教授問：「至於下邊的新地獄，我可以控制一場火山爆發，將它完全瓦解！」

小神立即道：「不要！我正要用它！」

晶靈突然感到眼前的小神有一種邪氣，那是魔鬼、還有安祖成為地獄之王後，也散發過出來的氣息！

畢竟，小神是全宇宙唯一體內藏著「魔鬼的印記」的人。

晶靈凝望著天空，心想如果小寶在的話，他那麼聰明，一定會想到解決眼前問題的方法：「如果我是小寶，現在會怎樣做⋯⋯？」

晶靈一直思考，直到小神和龍教授把冰封的安祖移到飛碟內的冰庫中。然後，龍教授把飛碟開走，一飛沖天，也不知他要到哪裡去了。

小神回到晶靈身邊，說：「根據小寶的時辰十六字，他的確是在這一時間死去的，然後永不超生⋯⋯。這算命的結果是根據『時間亂數』創造出來的世界，可以用同一條『萬有公式』去計算，是百分百準確，不會出錯的！不過，若果我是你的小寶，我一定會替你想到解決的方法！」

晶靈驚訝地道：「你為何知道我在想什麼？」

小神道：「我是小寶的複製人，其實我就是他，他想到的，我也能想到⋯⋯。」

晶靈望住小神，屏住了呼吸。

小神果然繼續說道：「⋯⋯小寶愛的，我也深愛！」

晶靈失望地說：「難道你要像安祖一樣，為了愛而霸佔我？這也太自私了吧！」

小神苦笑道：「安祖的愛，是佔有⋯⋯而我的愛，卻是成全。就像一個人在路上看到一朵喜歡的玫瑰，安祖會將它折下帶回家，而我會選擇讓它留在能綻放的地方，乾旱來臨時為它澆水，風暴來襲為它擋風。」

說罷，小神伸出手，在空中劃出一道裂縫。他說：「推開裂縫進去吧，在另外一個平行宇宙，有一個孤獨的小寶。

對於我……小寶來說,無論在哪個世界,只要妳去找他,他一定會排除萬難,與妳在一起!」

晶靈點頭道:「你……小寶的確有這樣說過!不過,若我走了,便剩下你一個了!」

小神卻說:「我會留在這裡,改組下邊的新地獄,讓它成為一個邪教組織,我就連邪教手冊的目錄,也構思好了!邪教手冊一共有九章,第一章叫做『梵我唯一』,梵字是很特別的字……。」

小神像教書先生一樣,長篇大論地解說起來。晶靈看著小神,邊聽邊想起當年念書時的小寶,也是一本正經地絮絮不休,彷彿回到了過去一樣。

晶靈雖然聽得感動,卻清楚知道小神不是小寶,她和小神之間沒有相處點滴的共同回憶。她決定離開,還叮囑道:「當你做『新地獄邪教教主』的時候,謹記時刻保持善心,別讓權力沖昏頭腦!」

小神微笑著說:「妳說怎樣,便怎樣吧!」

晶靈想起小寶以前也說過一模一樣的話,她心領神會地微笑,從懷中取出在新地獄的三本著作,交給小神:「送給你留念的!在第三本小說《算命必中術》的結尾,靈感來自我最近的一個夢。巧妙的是,夢境中的結局,和現在發生的事很相似!不過,我夢見自己走後,最後你卻沒有看我的書……不知道我的夢境預言,是否跟你的『算命必中術』同樣準確?」

說完,晶靈拉開裂縫,回頭向小神揮手道別,然後走進了未知的世界,尋找小寶。

小神目送晶靈離去,依依不捨地關上平行世界的裂

縫,低聲地道:「若看了會心碎,我還是立即把它們放下。但這麼重要的東西,就讓它們放在不滅的地方,永遠保存下來。」

他將晶靈的三本著作都放在「知善惡樹」上,然後望著天空:「『知善惡樹』屬於天界,它和附著在樹上的所有東西都將永恆存在。當世代文明結束後,這幾本書便會隨著『知善惡樹』被保存到下一代人類文明。在新的文明中,『時間亂數』會否碰巧重複,創造出一個新的晶靈,而她又剛好發現這些被塵封的書籍呢?」

後記一　夢醒有時

　　晶靈的第三本小說《算命必中術》記錄至此。

　　就跟她的夢境預言一樣，小神最終沒有看她的著作。

　　本書是基於前兩本小說《魔夢啟示錄》和《量子愛情學》的背景延伸而成，三者擁有獨立的故事卻又緊密相連，既是三又是一。

　　從區塊鏈夢境、微縮世界，到算命必中的新宇宙，女主角晶靈為了尋找夢境的真義，穿越了多重空間，就像她做的「夢中夢」一樣，有時會思考自己是否仍然在夢中，不知何時才能回到現實。她的懷疑，來自種種直覺，例如在本書中所描述的「幻象之力」，是實實在在的心想事成，現實中不應存在，卻在「清醒夢」中經常出現。

　　所謂「夢中夢」，概念與宇宙中的「子宇宙」相似，同是於一個空間裡，出現新的相似空間。無止境的創造空間，便正如霍金所言，世界是可以不停地被創造出來。若小神繼續創造新的世界，是否會出現九眼菩薩所描述的三千大千世界中的無數個世界呢？

　　九眼菩薩是地藏菩薩，祂的使命是到各地獄傳法。然而，當祂不在陰間而是在魔鬼的地獄時，晶靈會覺得突兀，是因為菩薩與魔鬼來自不同的宗教背景。

　　其實，主流宗教也相信同一位造物者，而另一些宗教則探討人生哲理。若再深入思考，我們會發現這些信仰並非對立，許多矛盾只是因為對彼此的不理解。民族與民族之間的戰爭也是如此。小時候，以為戰爭只是歷史中的事跡，是以前未文明的人類才會做的壞事。長大後終於明白，原來我們也只不過是人類歷史的一部分。

　　貫穿三本小說的「知善惡樹」來自伊甸園，象徵著人

類生存的意義是為了學懂辨別善惡，而善便是唯一永恆的真理。在善上面的東西，包括掉到人間的禁果，以及放在上面的書籍，都能保存下來。

「知善惡樹」只有一棵，但它在任何世界的分支皆可存在，因此，當晶靈每次看見它，便意味著她已穿越到另一個宇宙。至於她在夢境世界看到樹上的書籍，可能是上一代人類文明留下來的，也可能是幾十萬年後新一代人類文明的遺產，只是時間走了回頭。那時，人類也許已經學懂辨別善惡，不再戰爭了嗎？

本系列探討的是，人在神命定的人生分支上，如何能以善惡之心，以自由意志去走一條合適的路。大部分宗教皆在導人向善，讓人類能一步一步，走到至善之路，並能越肖似全善的神。

可惜，人類未能善用被賦予的自由意志選擇權，就像故事中的一些人物，便是在善與惡之間搖擺。無論是原本極善良的天使安祖、極邪惡的魔鬼，還是亦正亦邪的極地奇人，也都在一點一點地改變了立場。

若能利用「幻象之力」，使世界變成全善，瞬間平息世間所有紛爭，那有多美好！但人類不再戰爭的希冀，看來只有在夢中才會出現，而夢本質上只是思想，不會成為事實。或許人的一生也只是一串思想，生活也好、做夢也好，皆是在思想中的存在嗎？

又或許，晶靈穿過未知世界的裂縫，便發現夢醒了，要趕著上班了，而且她在現實中沒有找過小寶，在忙碌的生活中，最終一生也沒有與他重遇。究竟晶靈最終是否夢醒，究竟她能否再遇小寶？若找到的話，不知最終會否與他相認、相愛？

意猶未盡的故事，懸念挑動著隱藏的情感，令人時而

回想，回味萬分。

　　然而，人生的繁瑣已經太多，一個清楚的結局，滿足了好奇心，便可以讓人更容易忘記，省去一個繁瑣的思緒。晶靈認為，唯有忘記與放下，才能讓人生得以釋懷，因此她總會為故事編寫一個正式的結局。相比之下，複製人小寶卻選擇不看書本，直接放下，讓懸念淡出。

　　無論如何，放下都是一切念頭的了結，唯有不再執著，善念才得以釋放。

後記二　算命必中術

　　當心愛的人死去，我們會傷心欲絕，寧願離去的是自己。然而，若自己先行離去，受到傷痛的便是愛人。經歷過憾事之後，如果可以選擇，我寧願是你先走，而讓我一生承受痛苦。因為那種痛，比死更難受，是不能言喻的⋯⋯。

　　晶靈此刻完全明白，什麼叫做生不如死。她在這個陌生的世界，不肯定能否再遇小寶。

　　陽光與海浪構成一幅絕美的圖畫，晶靈吐去冰凍的污氣，再深深地吸了一口新鮮的空氣。她看著一個路標，輕輕唸道：「Santa Monica State Beach。」

　　她走到了一家沿海的咖啡館，驚覺那裡坐著一個熟悉的身影，手上拿著一支「薩克斯風」，專心地演奏。她細心聆聽，原來是 Beyond 的那首〈情人〉。

　　晶靈看著這個小寶，有點激動，卻怕上前相認，他卻不認得自己。

　　她鼓起了勇氣，向服務生指了指小寶，便逕自走到他的面前。卻聽到服務生咕嚕道：「幸好這個東方人約的，不是一隻『看不見的鬼』。」

　　小寶感到有人走過來，便抬起頭。晶靈帶點害羞地說：「小寶，我⋯⋯我是晶靈，你認得我嗎？」

　　小寶笑道：「妳是我大學同學，我當然記得妳！」

　　晶靈鬆了一口氣，向小寶說：「我有件很重要的事要告訴你，你要相信我！」

　　服務生這時向晶靈遞上了一杯飲品，她正想說還未點餐，卻聽小寶道：「妳知道，從來妳說什麼，我都會相信！」

晶靈立即想起在夢境世界的經歷前，找小寶時的同樣肯定。得到鼓勵後，她便勇敢地告訴小寶，她是來自另一個平行世界，更由夢境世界開始，把與小寶一切的經歷說了一遍。

　　小寶邊聽邊點頭，直到晶靈說到他被安祖的電光打中，身體和靈魂都瞬間昇華蒸發掉，小神再打開平行世界的裂縫讓她來到這裡，小寶便問：「那麼，那個世界的我是魂飛魄散了吧！」

　　晶靈戰戰兢兢地點頭，然後問道：「小寶，你相信我嗎？」

　　小寶卻反問道：「那麼妳現在來找我，告訴我這麼多事情，就是要與我在一起嗎？」

　　晶靈也不知道是否給說中心事，只是呆住，不懂回答，尷尬地拿了面前的飲品喝了一口。

　　那杯飲品是一杯雞尾酒，又甜又辣。

　　多麼令人熟悉的味道！

　　這不就是小寶在微縮世界出來之後，晶靈調給他喝的那杯自創雞尾酒嗎？怎麼店員會懂得沖調？

　　小寶笑著說：「這杯酒命為『夢』，顏色為熱情的紅色，成分突顯甜的味道，最後加入了極少量的辣味，是妳來之前，我教服務生調給妳的！」

　　晶靈指著小寶說：「你……我……我未細說我們的故事前，你已經知道了多少，已經經歷了多少？」

　　小寶牽起晶靈的雙手說：「在我這個平行世界中，當我們在飛行器上時，失去重心倒下的是我，而給安祖錯手誤殺、時辰十六字遇到死劫、魂飛魄散的，是妳！」

　　晶靈道：「既然你什麼都知道，為什麼還聽我說那麼

多東西？」

小寶深情地道：「就是想確認，妳來找我，是希望我能和妳在一起！我們曾經走失了，但我們終於尋回彼此。交換過的溫柔，總留下餘溫；交流過的眼神，見證了情深；理性的數算，數算著感性的淚水……。」

晶靈嘟著小嘴，淘氣地說：「好了，好了！但是，小寶，我有一件事不明白，就是小神告訴我，根據你的時辰十六字，用百分百準確的『萬有公式』去計算，你是在那一時間死去的，然後永不超生……但為何在這個世界死去的卻是我？是公式不準了嗎？人的命運不是定好了嗎？怎麼兩個世界會不同？」

小寶解釋道：「就像編寫電腦程式一樣，就算用了『時間亂碼』作為起始值，當程式分到不同的伺服器運作時，也會因為當中數據不同的變化，而出現不同的結果。」

晶靈又問道：「所以，世上根本沒有『算命必中術』了嗎？」

小寶回答：「或許有的，因為不同的必中命運，會出現在不同的平行世界分支，就像火車在分岔路上一分為二，然後在不同的路軌而走。」

晶靈思考著：「為何會這樣？」

小寶又道：「數據不同的變化，決定於善惡。為善為惡的念頭，會決定自己走到哪一個平行宇宙之中，這就是為何術數師會叫大家多多行善積福，令自己能改變命運，而走到一條幸福的分支吧！」

晶靈聽到「幸福的分支」，不禁害羞起來，然後笑道：「那麼，在這一個世界是我死了，而另一個世界是你死了？」

小寶點頭道：「是的！或許，還有一個世界是我們兩

個都死了,又或許,有一個世界我倆都平安無事,誰知道呢?」

「我知道!」一道熟悉的聲音從門口傳過來,原來是龍教授。「小神帶我去看過,你們所說這些平行世界的確都存在!」

這時,服務生呼叫道:「是神秘的東方人!你這次是一位還是兩位?你那朋友『看不見的鬼』有來嗎?」

龍教授卻顧左右而言他:「上次來的時候,這座城市正在燃燒,全城一片愁雲慘霧。如今災後重建,路上見大家同心合力,互相扶持,呈現一片朝氣勃勃的生機。」

小寶也慨嘆道:「生生滅滅,循環不息,這個世界就是如此運作吧!」

晶靈也道:「知善惡、知善惡……,我一直迷惘,感嘆世事變幻無常,美好的時光不會持久,總有一天會失去。今天終於明白,人類生存的意義是為了學懂辨別善惡,而善便是世上唯一不變的,是永恆的真理。」

服務生再追問:「別說這些道理,東方人先生,你那隻鬼朋友……。」

龍教授道:「沒有鬼朋友!告訴你真相吧,上次來的時候沒有帶錢,想吃霸王餐,便對你演一齣戲,方便吃完大搖大擺地離去。今天我帶了錢,是來補回上次吃霸王餐的欠款。」

服務生搔著頭道:「除了鬼,還有外星人……。」

龍教授又道:「你看的九流科幻小說太多了,世上哪有那麼多的鬼和外星人?」

服務生抗議道:「你的那顆水晶球能知過去未來,預言人類的命運……?」

「你也信預言算命?世上根本沒有『算命必中術』!」龍教授指著小寶和晶靈道:「就像神算所算到的,他們剛才都真的死了,但現在還不是好端端地又坐我們面前?」

服務生張大了口,定睛看著他們,誇張地叫道:「今次是⋯⋯看得見的鬼?」

小寶和晶靈對著服務生扮了個鬼臉,然後對望了一眼,會心地開懷大笑!

國家圖書館出版品預行編目(CIP)資料

算命必中術 / 林月菁作 .-- 第一版 .-- 臺北市：
博思智庫股份有限公司, 2025.05
面；公分

ISBN 978-626-7653-04-3(平裝)

857.7   114003070

RE AD 05

算命必中術
Premonition of Certainty

作　　者｜林月菁
主　　編｜吳翔逸
執行編輯｜陳映羽
美術主任｜蔡雅芬
封面圖片｜Designed by Freepik

發 行 人｜黃輝煌
社　　長｜蕭艷秋
財務顧問｜蕭聰傑
出 版 者｜博思智庫股份有限公司
地　　址｜104 台北市中山區松江路 206 號 14 樓之 4
電　　話｜(02)25623277
傳　　真｜(02)25632892

總 代 理｜聯合發行股份有限公司
電　　話｜(02)29178022
傳　　真｜(02)29156275

印　　製｜永光彩色印刷股份有限公司
定　　價｜300 元
第一版第一刷　西元 2025 年 5 月

ISBN 978-626-7653-04-3
© 2025 Broad Think Tank Print in Taiwan

版權所有　翻印必究　本書如有缺頁、破損、裝訂錯誤，請寄回更換

博思智庫股份有限公司
博思智庫粉絲團　Facebook.com/broadthinktank